Rubens · Mondscheinsonate

AF279957

Rubens
Mondscheinsonate

inkl. Onevening Books

Bibliografische Information der Deutschen Nationalbibliothek:
Die Deutsche Nationalbibliothek verzeichnet diese Publikation in der
Deutschen Nationalbibliografie; detaillierte bibliografische Daten sind
im Internet über http://dnb.d-nb.de abrufbar.

Bei Interesse an den Aufführungsrechten kontaktieren Sie bitte die Autorin:
Email: mail@reko-suzanne.de, Internet: www.reko-suzanne.de

Titelbild: © Claudia Reinthaler
Satz: OLD-Media OHG, Neckarsteinach
Druck und Verlag: Books on Demand GmbH, Norderstedt

ISBN-10: 3-8334-6158-6
ISBN-13: 978-3-8334-6158-3

Inhalt

Für Johannes Sterkel

Rubens

1. Kapitel

Ich sehe ihn neben mir über die sattgrünen Hügel laufen, die sich hinter unserem Dorf sanft durch die Landschaft wellen. Ich sehe sein lachendes Gesicht hell vor dem dunkelblauen Himmel eines späten Sommertages. Eine Welt, die uns schon früh inspirierte. Eine Welt voll Farben und Schatten, voll Nuancen und klaren Grenzen, eine Welt voll Licht und Dunkelheit. Wir wollten sie malen. Während mir stets auf der Suche nach neuen Motiven schier die Augen aus den Höhlen fielen, bevorzugte er es, große Maler zu kopieren. Dabei zog er sich mit einem Zeitungsfoto oder einem Druck in sein Zimmer zurück, saß stundenlang dort und starrte auf das Kunstwerk vor sich, bis er zu malen begann.

„Erst wenn man einen Maler gemalt hat, kann man ihn wirklich verstehen", pflegte er zu sagen. „Rubens zum Beispiel – wer versteht ihn wirklich?"

„Was ist an Landschaftsbildern und mollig rosigen Engelchen schwer zu verstehen?", meinte ich dann und er wandte sich ab, erschüttert von meiner Ignoranz.

Als wir größer waren, begann er auch die Farben selbst zu mischen oder sogar herzustellen.

„Diese neuen Farben sind mit den alten nicht zu vergleichen", erklärte er. „Sie reflektieren nicht in der gleichen Intensität – ihre Pigmente strahlen nicht wie die der Naturfarben. Mit diesen ‚Kunstfarben'", das letzte Wort spuckte er angewidert aus, „ist es kein Wunder, dass man sie nicht versteht. Nur ein Original kann dich dem Maler näher führen."

Er griff nach einem Tiegel mit wertvollem Lapislazuli-Pulver und begann, es mit Ölen, Wachsen und Harzen zu mischen.

Ich sehe alles noch vor mir. Ihn, mich, die Welt um uns und sein Zimmer voller Farben.

„Polizei, öffnen Sie die Tür!" Oberkommissarin Noreen Maciag klopfte zum fünften Mal laut an die Tür, dann blickte sie zu dem Polizisten an ihrer Seite. Dieser zuckte mit den Achseln.

„Sehen Sie", kam es von einer besorgten Stimme hinter seinen Schultern, „er öffnet nicht. Das seit Tagen. Da stimmt etwas nicht!"

„Und Sie sind sicher, dass Herr Tremel nicht verreist ist?", fragte Maciag zum wiederholten Mal.

„Hören Sie, Frau Kommissarin, ich sollte ihm gestern Modell sitzen. Niemals zuvor hat er einen unserer Termine verpasst. Wenn ich es Ihnen doch sage, da stimmt etwas nicht!"

9

Die Kommissarin nickte ihrem Kollegen aufmunternd zu, der warf sich sogleich gegen die Tür. Es knackte, doch sie hielt stand.

„Noch einmal, ich helfe dir. Auf drei."

Sie zählte bis drei und die Beamten rammten gleichzeitig das Hindernis. Dieses Mal krachte es ohrenbetäubend, das Holz gab nach und schlug mit einem lauten Knall gegen die Wand.

„Ich hab mir immer gedacht, die Polizei macht das mit Kreditkarten oder Haarnadeln", meinte das dürre Modell enttäuscht.

„Jaja, die Kollegen im Fernsehen machen das so", sagte Polizist Quintus und folgte seiner Chefin ins Innere.

Verwesungsgestank schlug ihnen entgegen. Wieder drehte sich Maciag zu dem Mann um und gab ihm ein Zeichen, woraufhin sich dieser zu der Frau hinter sich wandte: „Sie gehen besser jetzt in Ihre Wohnung zurück, Frau Schöps. Wir melden uns, wenn wir Genaueres wissen."

„Aber was stinkt denn hier so? Das ist doch nicht etwa ... das kann doch nicht ...

Der Polizist drängte sie aus der Wohnung und zog die Tür hinter sich zu, die nun ein wenig schief in den Angeln hing.

„Mein Gott, sieh dir das an", murmelte die Oberkommissarin und der Polizist folgte ihr ins Wohnzimmer. „Verständige Kriminaltechnik und Rechtsmedizin."

Quintus starrte bewegungslos auf das Blut, das den ganzen Raum neu ausgemalt zu haben schien.

„Das ist das erste Mal, dass ich so etwas sehe, Noreen", keuchte er. „So viel Blut!"

„Du wirst feststellen, dass es mit der Zeit besser wird, aber daran gewöhnen wirst du dich nie", kam es sachlich von der Kriminologin, die den Blutflecken auf dem Boden auswich und langsam auf den toten Körper eines Mannes zuging, der auf einem Sofa saß. Der Kopf ruhte hinten auf der Lehne, so, als wäre er gerade eingeschlafen. Die Arme lagen steif an beiden Seiten des Körpers mit der Handfläche nach oben und Maciag erkannte augenblicklich die Todesursache.

„Er hat sich die Pulsadern aufgeschnitten", stellte sie fest.

„Mir wird schlecht", stöhnte der Polizist, der neben sie getreten war, nachdem er in der Zentrale Bescheid gegeben hatte. „Sieh dir diesen Madenteppich an!"

„Die äußeren Umstände dieser Wohnung sind geradezu ideal für die Eiablage von Schmeißfliegen. Ich nehme mal an, dass diese kleinen Würmchen mal welche werden", kam es trocken von der Kommissarin, dabei griff sie in ihre Tasche und holte Latex-Handschuhe hervor.

„Gib mir die Kamera", sagte sie zu ihrem bleichen Kollegen, „und wenn wir Fotos gemacht haben, beginnen wir mit der Arbeit."

Das dumpfe Murmeln der Galeriebesucher versetzte ihn, wie jedes Mal bei der Eröffnung einer neuen Ausstellung, in Erregung. Dieses leise Flüstern, wenn sich Experten über ein Bild unterhielten, diese weltfremden Gesichtszüge, wenn ein Betrachter in den Bann eines Meisterwerks gezogen wurde und sich innerhalb des Rahmens auflöste, die Euphorie, die er selbst spürte, wenn die Gäste um ihn strömten, ihn zart umschmeichelten, mit sich fortnahmen und ihr Lob an seine Ohren brandete. All das war das Leben Wiggo Benkerts. Die Galerie sein Atem, die Bilder sein Herz, die Künstler seine Augen und die Experten seine Ohren.

„Lassen Sie mich Ihnen zu dieser gelungenen Ausstellung gratulieren, Herr Benkert", sagte ein weißhaariger Mann, dessen Augen hinter einer dicken, mit Silberdraht gefassten Brille hervorblitzten. „Wirklich eindrucksvoll. Sie wissen, dass ich dem Symbolismus besonders zugetan bin?"

„Es freut mich, dass Ihnen die Ausstellung gefällt", erwiderte der Galerist und lächelte den Gast zurückhaltend an. „Ich hoffe, Sie erwähnen meine Galerie in einem Ihrer Artikel?"

„Selbstredend! Ich muss an dieser Stelle auch gestehen, dass ich überrascht von der klaren Linienführung T.T.s bin. Das von ihm ausgestellte Bild *Die singende Krähe* ist, davon bin ich überzeugt, eines seiner besten Werke."

Das Lächeln des Galeristen erstarrte unmerklich und er räusperte sich. Vor seinem inneren Auge fügten sich Farben und Linien des genannten Kunstwerkes zu einem deutlichen Bild zusammen:

Ein junger Mann, der auf der unteren Hälfte des Gemäldes versonnen unter einem Baum liegt, bemerkt nicht, wie dieser drohend seine Äste nach ihm ausstreckt – auch die Krähe, die mit schwingenden Flügeln über seinem Kopf kreist, sieht er nicht. Aus dem Schatten des Baumes kriecht unheilvoll Nebel. Aber der Jüngling beachtet ihn nicht. Das goldgelbe Weizenfeld, das sich über den ihm gegenüberliegenden Hügel erstreckt, hat ihn gänzlich gefesselt. Noch schimmert der Vogel dunkelblau, noch strahlt das Leben auf ihn ab, erhellt das Schwarz. Doch bald wird der Krähe Schatten auf den jungen Mann fallen.

„Die Aussagekraft dieses Bildes hätte ich dem Maler nicht zugetraut", fuhr der Journalist unbeirrt fort. „Ja, ich muss tatsächlich feststellen, dass die außergewöhnliche Brillanz seiner Farben die Aussage des Gemäldes besonders hervorhebt. Ein Kunstwerk! Überraschend, aber unumstritten. Wo steckt der Künstler eigentlich?"

Der weißhaarige Herr blickte sich suchend um. Seine Aufmerksamkeit wurde von einer Frau angezogen, die in Jeans und Pullover an der Tür stehen geblieben war und mit einem Mann sprach. Dieser deutete gerade in die Richtung des Galeristen, der bis zu diesem Augenblick geschwiegen hatte.

„Ich nehme an, Sie werden gebraucht", stellte der Journalist fest. „Dass sich die Jugend von heute auch nicht mehr angemessen kleiden kann!"

Benkert beobachtete die Frau, die tatsächlich auf ihn zukam, dicht auf ihren Fersen folgte ihr ein großer, blonder Mann. Sie mussten neu in der Szene sein, er hatte sie noch niemals zuvor gesehen.

Direkt vor ihm blieb sie stehen und musterte ihn.

„Man sagte mir, Sie wären Herr Wiggo Benkert. Ist das richtig?"

„So ist es. Womit kann ich dienen?"

„Es tut uns leid, dass wir Sie kurz stören müssen."

Sie wandte ihre Augen, Augen, die alles in sich aufsogen, jede Kleinigkeit entdeckten und jeden Schmutzfleck enttarnten, von ihm ab und ließ sie über die Menge schweifen.

„Mein Name ist Noreen Maciag, das ist mein Kollege Georg Quintus. Wir sind von der Polizei. Gibt es einen etwas ruhigeren Ort, an dem wir ungestört sprechen können?"

Der Galerist hatte bei ihren Worten ein wenig an Farbe verloren.

„Ist etwas passiert?" wollte er erschrocken wissen.

„Wir sollten woanders ...", setzte die Polizistin ein weiteres Mal an, wurde aber von Benkert unterbrochen: „Natürlich. Folgen Sie mir bitte."

Und wieder brandete die Menge der Besucher um ihn, als er auf die Tür zusteuerte, doch dieses Mal hüllte sie ihn nicht mehr sicher wie in einen dicken Mantel ein, im Gegenteil, sie schien ihm die Luft zum Atmen zu nehmen, ihn geradewegs zu ersticken.

Sie stiegen einen Stock höher, dann öffnete der Galerist die Tür seines Büros.

„Treten Sie ein. Möchten Sie Platz nehmen? Darf ich Ihnen etwas zu Trinken anbieten?"

Jetzt, da der Augenblick der Wahrheit kurz bevor stand, fühlte er Angst in sich aufsteigen und er wünschte sehnlichst noch ein paar Minuten der Ruhe herbei.

„Nein, danke. Machen Sie sich keine Mühe."

Der Galerist räusperte sich.

„Ist es recht, wenn ich mich setze?"

Die Kommissarin deutete ihm, ruhig Platz zu nehmen, während sie die erste Frage an ihn richtete: „Kennen Sie einen Maler namens Thomas Tremel?"

„Nun ja, ein wenig. Wir verkehren hin und wieder geschäftlich miteinander. Weshalb fragen Sie? Ist etwas passiert?"

Eine tiefe Sorgenfalte grub sich in seine Stirn.

„Herr Tremel hat, wie es scheint, Selbstmord begangen."

Die Polizisten beobachteten seine Reaktion genau.

„Nein", murmelte er, „das ist vollkommen unmöglich ... wie schrecklich!"

Benkert hob eine Hand vor seine Augen, strich sich über das Gesicht, ließ sie wieder fallen.

„Verstehen Sie, der Tod T. T. s ist ein schrecklicher Verlust für die Kunstwelt! Gerade eben stellen wir ein Bild von ihm aus. Es hängt unten. Es ist das Bild mit der Krähe. Der singenden Krähe ..."

Der Galerist verstummte erschüttert und schüttelte ungläubig den Kopf.

„Das ist ... das ist ... dieser Fluch. Dieser Fluch, der über den Genies hängt, der Fluch, das eigene Leben nicht ertragen zu können. Sie sehen viel mehr als wir, verstehen Sie? Deswegen können sie auch malen."

Die Kommissare ließen ihm ein wenig Zeit, sich zu fassen.

„Vielleicht können Sie uns ja helfen, mögliche Ursachen für seinen Selbstmord herauszufinden. Hat er in letzter Zeit irgendwie bedrückt auf Sie gewirkt? Gab es eine Angelegenheit, die ihm die Lebensfreude zu nehmen schien?"

Der Galerist dachte kurz nach.

„So weit ich weiß, nicht." Wieder schüttelte er kurz den Kopf. „Nein. Da war nichts."

„Hat er auf Sie bei Ihrem letzten Treffen irgendwie bedrückt gewirkt?"

Benkert hörte den Stift des Polizisten über ein Notizbuch gleiten.

„Nein. Überhaupt nicht."

„Können Sie sich irgendeinen Grund vorstellen, weshalb er sich das Leben hatte nehmen wollen?"

Wieder schloss er kurz die Augen, lehnte sich zurück. Ausgerechnet jetzt. Weshalb ausgerechnet jetzt?

„Nein. Tut mir leid."

Maciag sah sich im Raum um, ihr Blick schweifte zum Fenster. Kurze Zeit war es still.

„Dann noch eine andere Frage", sagte sie schließlich und wandte sich ihrem Gegenüber wieder zu.

„Ja?"

Er fühlte, dass der ganz große Coup noch bevorstand. Er konnte es in ihren Gesichtszügen lesen. Auch die Haltung des Polizisten strahlte unterschwellige Spannung aus.

„Ihrer Galerie ist doch vor Monaten ein Rubens gestohlen worden."

Der Galerist zögerte ein wenig, war von dieser Frage überrascht. Der Zusammenhang. Wo blieb der Zusammenhang?

„Ja. Ja, das stimmt. Aber weshalb fragen Sie? Was hat das mit Tremel zu tun?"

Die Polizisten wechselten einen schnellen Blick, dann fixierten beide den Galeristen, als Maciag zu sprechen begann: „Das Bild ist wieder aufgetaucht. Gestern erhielten wir den Anruf eines Anwalts. Er berichtete, dass Tremel ihm vor ungefähr zwei Wochen ein Paket zugesandt hatte. Auf der beiliegenden Nachricht stand, er solle das Paket für Tremel verwahren, erst nach seinem Tod öffnen und die nötigen Schritte einleiten. Wie es aussieht, hielt es der Anwalt für das Richtige, die Polizei zu verständigen."

Es war, als hätte man ihm den Boden unter den Füßen weggezogen und kurz dachte er, aus seinem Körper gefahren zu sein und die Szene von einer Stelle rechts neben sich zu beobachten. Dann dämmerte ihm, dass er sich eigentlich freuen müsste. Das gestohlene Gemälde war wieder aufgetaucht!

„Ich kann es nicht glauben …", stammelte er. „Welch gute Nachricht!"

Und noch während er das sagte, traf ihn die Erkenntnis wie ein Schlag: „Das heißt … sagen Sie nicht … Sie glauben doch nicht etwa, T. T. hat das Gemälde gestohlen?"

2. Kapitel

Er steht vor seiner Staffelei. In meinen Gedanken steht er immer dort, an diesem Platz am Fenster. Das Licht fällt schräg in den Raum, streift manchmal seine Finger, die einen Pinsel halten. Auch auf den Fingern ist Farbe. Lapislazuliblau, Zinnoberrot, Bleizinngelb. Wenn er so dasteht, wirkt er selbst wie ein Gemälde. Ein Maler bei der Arbeit in seinem Atelier.

Als wir jünger waren und im Freien skizzierten, habe ich manchmal meinen Block auf die Seite gelegt und ihm zugesehen.

„Dieses Sandbraun dort auf dem Blatt, siehst du es?"

Ich wandte meinen Kopf. Ja, da flatterte ein Blatt an einem Ast. Sandbraun, von mir aus.

„Ja."

„Das ist genau die Farbe von Albin Egger-Lienzs *Almlandschaft im Ötztal*."

Und als ich meinen Blick dann auf seinen Zeichenblock lenkte, entstand vor meinen Augen genau diese Landschaft. Ein Berg, dem Wetter trotzende Almhütten, Felsbrocken, die vereinzelt aus dem Boden ragen und an den unwirtlichen Untergrund erinnern, im Hintergrund fast blendend hell geballte Wolken.

Auch später habe ich ihm zugesehen. Als er bereits in seinem Atelier arbeitete. Ich habe gesehen, wie er Rubens malte.

„Es ist erstaunlich", habe ich einmal andächtig geäußert, „wie wenig sich deine Bilder von den Originalen unterscheiden!"

„Es liegt an den Farben", hat er erwidert.

„Trotzdem", habe ich eingewandt, „du könntest fast Rubens selbst sein!"

„Ich *bin* Rubens", hatte er geantwortet und dabei so ernst geblickt, dass ich ihm kurz geglaubt habe.

„Die Fingerabdrücke sind in Atelier und Wohnzimmer bereits abgenommen worden", sagte Polizist Quintus und folgte der Oberkommissarin ins Atelier.

Durch das breite Fenster, vor dem eine Staffelei aufgestellt war, fiel das matte Licht eines Winternachmittages. An die Wände gelehnt standen mit Tüchern abgedeckte Bilder, teilweise war der Stoff heruntergerutscht und gab das Geheimnis einer Landschaft oder Naturidylle preis. Maciag trat vor die Staffelei.

„Sieh dir das an", forderte sie ihren Kollegen auf. „Ist das nicht Frau Schöps, die Nachbarin?"

Der Polizist trat neben sie und musterte das nicht vollendete Werk.

„Ja, das ist sie und sie sieht darauf besser aus als in Wirklichkeit. Er muss ihr ein paar minimale Fettpölsterchen an manchen Stellen verpasst haben. Ich glaube, Maler stehen nicht sonderlich auf den ‚Äthiopien-Look‘.“

Maciag starrte unverwandt auf das Gemälde.

„Wenn du vorhast, dich umzubringen, würdest du dann noch mit einem Bild beginnen?“, fragte sie nach einer Weile.

Quintus zuckte die Achseln: „Eigentlich nicht, doch wenn er Depressionen hatte? Ich glaube, wenn man sich vollkommen am Ende fühlt, denkt man nicht mehr logisch.“

„Frau Oberkommissarin?“

Maciag und der Polizist drehten sich gleichzeitig zur Tür und erkannten ihren Kollegen von der Kriminaltechnik.

„Sind Sie fertig?“

„Ja, wenn Sie nichts dagegen haben, können wir die Wohnung für die Verwandten freigeben.“

„Ich werde mich heute hier noch ein wenig umsehen“, meinte die Kommissarin. „Ich brauche nicht mehr lange. Wie’s aussieht, war’s tatsächlich Selbstmord … Und, haben Sie irgendwelche Ungereimtheiten festgestellt?“

„Nun ja, noch kann ich nicht viel sagen, doch kommt mir tatsächlich etwas nicht ganz logisch vor.“

Maciag hob erwartungsvoll eine Augenbraue: „Und zwar?“

„Normalerweise sind es doch Fingerabdrücke, die jemanden überführen“, begann er zu erklären und Maciag nickte. „In diesem Fall kann es genau umgekehrt sein.“

„Ich glaube, ich verstehe nicht ganz“, meinte die Oberkommissarin und warf einen schnellen Blick aus dem Fenster. Die Aussicht war hier wirklich phänomenal! Genau der richtige Ort, um seine Staffelei aufzustellen.

„Es ist so, dass auf der Packung mit den Schlafmitteln, die wir auf dem Couchtisch gefunden haben, nicht ein einziger Fingerabdruck zu entdecken war. In diesem Zusammenhang muss ich anmerken, dass wir die Schachtel nicht finden konnten, die möglicher Weise von der Apothekerin berührt worden war, sondern nur die unmittelbare Verpackung der Tabletten. Sie wissen, was ich meine?“

„Den Blister?“, wollte die Kommissarin wissen.

„Genau, die korrekte Bezeichnung war mir soeben entfallen. Komisch, drückt sich doch jeder hin und wieder eine Tablette aus der Hülle und ist nicht in der Lage, sie anders als ‚Tablettenrausdrückdings‘ zu bezeichnen … Also, um es fachmännisch auszudrücken: Auf dem Blister fanden sich keinerlei genetische Spuren.“

Maciag und der Polizist blickten ihr Gegenüber abwartend an.

„Das ist eigenartig", fuhr der Kriminaltechniker fort. „Wieso sollte sich der Verstorbene Handschuhe anziehen, nur um die Tabletten rauszudrücken?"

Die Kommissarin runzelte nachdenklich die Stirn.

„Notiere das", bat sie ihren Kollegen. „Sonst noch etwas?"

„Ja", kam es von ihrem Gegenüber, der sich in Fahrt zu reden schien. „Das Messer, mit dem er sich die Pulsadern aufgeschnitten hat, weist nur die Fingerabdrücke einer Hand, nämlich der rechten auf und er hat sich aber beide Arme aufgeschnitten."

Maciag wechselte einen schnellen Blick mit ihrem Begleiter.

„Und der Abschiedsbrief, den wir gefunden haben?"

„Weist merkwürdiger Weise zwei unterschiedliche Spuren auf, was mir auch ein wenig zu denken gibt. So einen Abschiedsbrief reicht man doch nicht rum. Man nimmt das Blatt normalerweise direkt aus dem Karton, in dem man es gekauft hat. Aber gut. Auf jeden Fall werden wir eine Schriftanalyse durchführen."

Maciag begann auf und ab zu gehen, während sie das Gehörte zu verarbeiten versuchte.

„Wie es aussieht", meinte sie schließlich und hielt inne, „werden wir die Wohnung morgen nicht freigeben können."

Eine Unruhe hatte ihn ergriffen, die nicht einmal mehr die Gemälde seiner Galerie besänftigen konnten, die sonst stets in der Lage waren, jeglichen seiner Schmerzen zu lindern. Nun war es still und Herr Benkert schritt nervös auf und ab, wo sich noch vor weniger als einem Tag die Besucher bei Sekt, Petit Fours und auf Zahnstocher gespießten Häppchen eines Käse-Igels gedrängt hatten. Nachdem er in seinem Büro lange auf den gerahmten Kunstdruck Johann Heinrich Füsslis „Das Schweigen" gestarrt hatte, das ihn, anstatt zu beruhigen, im Gegenteil, in eine noch düsterere Stimmung versetzte, war er aus dem Raum geflohen, um nun, nahe den Schwingen von T.T.s Krähe, angespannte Runden zu drehen.

Als sich die Tür öffnete, blieb der Galerist abrupt stehen und fuhr herum. Starr blickte er dem Mann entgegen, der, einen schmalen Koffer in der Hand, langsam eintrat. Kurz maßen sie sich.

„Gut, dass Sie kommen konnten, Herr Grimm", brachte Wiggo Benkert beherrscht über die Lippen. Der Ankömmling stellte den Koffer ab, hob eine Hand, spreizte die Finger und betrachtete angelegentlich seinen Handrücken.

„Nun, angesichts des Wiederauftauchens des gestohlenen Rubens heißt es, keine Zeit zu verlieren." Herr Grimm ließ die Hand sinken und fixierte nun sein Gegenüber.

„Sie müssen verstehen, meine Versicherungsgesellschaft ist ein wenig erstaunt über die Art, wie und wo das Gemälde gefunden wurde."

Er hielt inne, sein Blick intensivierte sich, wurde eindringlicher und zugleich herausfordernder. Benkert erwiderte sein Starren, ohne mit der Wimper zu zucken, trotzdem fühlte er, wie sein Unbehagen zunahm.

„Man könnte annehmen, dass Sie selbst etwas mit dem Raub zu tun hatten", fuhr Herr Grimm ein wenig spöttisch fort und beobachtete, wie alle Farbe aus des Galeristen Gesicht schwand.

„Hören Sie auf, so etwas dürfen Sie nicht sagen", stieß Benkert hervor. „Ich bitte Sie, Herr Grimm!"

Nun trat der Galerist einen Schritt auf den anderen Mann zu, er hatte wieder ein wenig Fassung gewonnen, atmete tief durch.

„Es ist mir vollkommen rätselhaft, wie das Bild zu dem Anwalt kommen konnte! Das müssen Sie mir glauben!"

„So, muss ich das?" Nun lüpfte Herr Grimm eine Augenbraue.

„Sie werden doch nicht etwa dem verstorbenen T.T. oder gar mir diesen Raub unterstellen!", zischte Benkert aufs Äußerste erzürnt.

Gelassen musterte der Versicherungsmann seinen Kunden, dann ging er ein paar Schritte auf und ab.

„Hören Sie, Herr Benkert, welche Schritte ich als Nächstes einleiten werde, weiß ich noch nicht. Aber es sieht nicht gut aus, wenn Sie verstehen, was ich meine."

Bei diesen Worten war alle Wut von dem Galeristen abgefallen, kurz vergrub er den Kopf in den Händen. Sie zitterten leicht.

„Bevor Sie der Versicherung eine Meldung machen, lassen Sie uns bitte in Ruhe noch einmal darüber reden!", kam es flehentlich über seine Lippen. Alle Selbstsicherheit war von ihm gewichen und er zuckte unmerklich zusammen, als sich Herr Grimm nach seinem Koffer bückte und ihn ohne Eile anhob.

„Ich wüsste nicht, welchen Sinn das hätte", meinte er leichthin, wandte den Blick ab und dem Fenster zu. Kurz schwiegen sie.

„Ich werde alles versuchen, dass diese Sache für alle Beteiligten schnell und glimpflich über die Bühne geht", erklärte Grimm kühl und distanziert. „Schließlich wollen wir T.T.s Andenken nicht beschmutzen. Sein Selbstmord ist schon schlimm genug."

Benkert hatte bei seinen Worten die Hände zu Fäusten geballt, sodass die Knöchel weiß hervortraten. Als der Versicherungsmann seine Aufmerksamkeit wieder zu ihm lenkte, versuchte er krampfhaft, diese zu lösen. Nur kurz schweiften seine Augen über die Gestalt des Galeristen, dann wandte er sich zum Gehen. Wenige Meter bevor er die Tür erreichte, hielt er, wie in Gedanken versunken, noch einmal inne, blickte über die rechte Schulter zurück – er machte sich nicht einmal mehr die Mühe, sich ganz umzudrehen.

„Ach, noch eine Frage: Wurde noch ein Rubens in seiner Wohnung gefunden?"

In diesem Moment verschlossen sich des Galeristen Gesichtszüge und er erwiderte den Blick seines Gegenübers mit einem stolzen Funkeln in den Augen.

Betont unschuldig antwortete er: „Ich bitte Sie! Woher soll ich das wissen?"

Während er mit einer Hand seinen Nacken massierte, setzte er noch hinzu: „Gestohlen wurde der Galerie jedenfalls kein weiterer."

Als hätten sie dieses Gespräch einstudiert, verharrten sie kurz regungslos, um sich gleichzeitig wieder in Bewegung zu setzen.

„Nun, das ist wohl Ihre einzige Hoffnung", verkündete der Versicherungsmann, wandte sich ab und griff nach der Türklinke. „Auf Wiedersehen."

Herr Benkert sah ihm nach, dann ließ er seine Schultern hängen. Am liebsten hätte er die Haltung der auf Johann Heinrich Füsslis „Das Schweigen" abgebildeten Person eingenommen und wäre ganz in sich versunken.

3. Kapitel

Einmal frage ich ihn, ob er einen neuen Rubens erschaffen könne, einen noch nie da gewesenen, eine neue Schöpfung, ein neues Werk. Kurz blickt er mich an, ein wenig verächtlich vielleicht, dann greift er nach seinem Pinsel und stellt sich an die Staffelei. Ich kann ihn genau vor mir sehen, wie er den Holzuntergrund, den er, wie der Meister selbst, oft statt einer Leinwand verwendet, anstarrt, im Kopfe ein Bild kreiert, dessen Einteilung, dessen Farben vor seinem inneren Auge heraufbeschwört.

Als er mich Tage später wieder zu sich ruft, bekomme ich fast ein wenig Angst, denn es könnte ein Bild des wahren Meisters sein, des wahren Rubens, das sich mir offenbart. Er kann sie alle kopieren: Antoine Watteau, Ferdinand Georg Waldmüller, Johann Heinrich Füssli. Doch seine Liebe gehört allein Rubens und so setzt er sich immer mehr mit ihm auseinander, immer mehr. So viel, dass es mich ein wenig erschreckt, wenn er mich mit fiebrigem Blick fixiert und zwischen zusammengebissenen Zähnen hervorpresst: „Ich *bin* Rubens, verstehst du?" Und auf meine Bitte hin, Theo van Doesburg zu kopieren, abfällig betont: „Ich male keinen Anhänger des Dadaismus. Wie *kannst* du nur fragen!"

„Die Rechtsmedizin hat den Gehalt von Alkohol bestätigt", teilte Oberkommissarin Maciag ihrem Kollegen mit. „Die Kriminalbiologie hat das Schlafmittel in den Maden nachweisen können – er hat es also geschluckt. Wenn die fehlenden Fingerabdrücke auf Blister und Messer nicht wären, würde sich alles zu einem logischen Bild von Selbstmord zusammenfügen: Der Verzweifelte, der mit Alkohol die Schlaftabletten hinunter spült und sich dann die Pulsadern aufschneidet."

Nachdenklich stapfte sie im Zimmer auf und ab. Plötzlich hielt sie inne.

„Gib mir noch einmal den Abschiedsbrief", bat sie und Polizist Quintus reichte ihn ihr.

Während sie die letzten Worte des Verstorbenen überflog, meinte sie: „Die Schriftanalyse hat ergeben, dass es seine Schrift ist. Nur das kleine *a* schrieb er anders als bei den Vergleichstexten."

In Gedanken hielt sie das Papier ein wenig von sich entfernt, sodass das Wasserzeichen der Herstellerfirma sichtbar wurde.

„Das", stellte sie fest, „ist ein eigenwilliges Wasserzeichen. Sieh dir diese Schwingen an, sehen aus wie Engelsflügel ... Aber egal, das hilft uns nicht, den Fall zu lösen."

„Ist dir eigentlich aufgefallen, dass Herr Benkert und T. T. aus dem gleichen Ort stammen? Aus einem Kaff irgendwo an der französischen Grenze?"

Maciag blieb abrupt stehen.

„Wie bist du denn darauf gestoßen?"

Quintus schwenkte eine alte Einladung zu einer Vernissage.

„Die habe ich mitgenommen, als wir bei der Kunstgalerie waren – steckte dort in einem Ständer. Und hier, sieh selbst, vor nicht allzu langer Zeit gab es dort eine Ausstellung, in deren Mittelpunkt die Werke von T. T. standen. Leider ist er nicht wirklich begabt, würde ich sagen, hat einen etwas verwaschenen Stil, als würde er nicht wissen, für welchen er sich entscheiden sollte. Kann mir nicht vorstellen, dass ihm diese Kunst viel Geld einbringt. Auf alle Fälle ist diese Einladung mehrmals gefaltet."

Er demonstrierte ihr, was er meinte und fuhr fort: „Hier auf der Rückseite steht eine Kurzbiographie des Malers und hier", er faltete den Flyer auseinander, „hier auf der Innenseite stehen zwei Sätze über den Galeristen, also Herrn Benkert."

Maciag nahm ihm das Papier aus der Hand.

„Du hast recht", stellte sie erstaunt fest, „und dann sind sie beide nach ihrem Studium hierher nach Leipzig gezogen? Rein zufällig? Ohne sich gut zu kennen, wie Herr Benkert behauptet hat?"

Die Oberkommissarin stieß die Luft aus.

„Georg, das könnte eine Spur sein! Wir sollten unserem lieben Herrn Galeristen einen weiteren Besuch abstatten."

Gerade, als sie den Raum verlassen wollten, kam ihnen der Kollege von der Kriminaltechnik entgegen.

„Gibt's etwas Neues?", wollte Maciag wissen und folgte ihm zurück in ihr Büro.

„Ja. Es ist kaum zu glauben, aber anscheinend wahr. Wir fanden im Atelier des Toten einen weiteren Rubens."

Normalerweise liebte er es, die Besucher zu beobachten, wenn sie die ausgestellten Bilder betrachteten, doch heute hatte sich Herr Benkert zu ihnen gesellt, stand ebenfalls vor einem Gemälde, war absichtlich in ihm und seinen Farben versunken. Er wollte an nichts denken und seine Sorgen für wenige Minuten vergessen. Ebenso wie die leisen Geräusche, die die Kunstliebhaber machten, an der Wand seiner Isolation abprallten, nahm er die näher kommenden Schritte nicht wahr, die sich direkt auf ihn zubewegten und hinter ihm stehen blieben.

„Herr Benkert?"

Als eine Frauenstimme die Glocke seines Schweigens so überraschend zerbersten ließ, zuckte Benkert erschrocken zusammen und fuhr herum.

„Ja? Oh, Frau Kommissarin ..."

Augenblicklich erkannte er die junge Polizistin wieder. Sie war, wie beim letzten Mal, in Begleitung ihres Kollegen Quintus.

„Herr Benkert, wir haben noch ein paar Fragen an Sie", erklärte Maciag, sie hatte ihre Stimme nur ein wenig gesenkt. Der Galerist blickte sich unangenehm berührt um, ließ seine Augen über die Besucher schweifen und wich vor der Neugier im Blick eines der Betrachter erschrocken zurück.

„Ich würde vorschlagen, wir gehen dort hinüber", murmelte er und zog die Kommissarin einfach mit sich. „Bitte schön, hier können wir ungestört reden. Es muss ja nicht jeder Ausstellungsbesucher mitbekommen, dass ...", er brach ein wenig verunsichert ab und strich sich mit einer Hand über das Haar. „Ich weiß nicht, in welcher Angelegenheit ich Ihnen noch weiterhelfen könnte?", fuhr er unvermittelt fort.

Kurz lenkte die Kommissarin ihre Aufmerksamkeit von ihm fort und ließ ihre aufgeweckten Augen über einige der Gemälde an der Wand schweifen.

„Es geht um Rubens", meinte sie fast nebenher und wandte sich ihrem Gegenüber wieder zu.

Am liebsten hätte der Galerist die Augen geschlossen und tief durchgeatmet, doch er beherrschte sich mit eiserner Disziplin. Schnell mischte er noch ein wenig Erstaunen in seine Frage: „Rubens?"

„Sie haben doch eine Rubensausstellung, nicht wahr?"

Maciag beobachtete ihn mit kühlem Interesse.

„Ähm, ja, eine kleine. Es gibt einen Raum, den wir zu Ehren des Malers seinen Gemälden widmen."

„Könnten Sie uns diesen Ort bitte zeigen?"

Der Galerist sah sich um und gab dem Sicherheitsdienst, der neben der Tür stand, ein Zeichen.

„Natürlich. Folgen Sie mir", willigte er resigniert ein und ging den Beamten voraus.

Sie durchquerten den großen Saal des Eingangbereiches und traten nacheinander in einen hohen Raum. Ein riesiger Rubens nahm eine ganze Wand ein und die Polizisten blieben bewundernd stehen.

„Hier sind wir. Wunderbar, finden Sie nicht?"

Im Moment hielten sich keine Ausstellungsbesucher innerhalb dieser Wände auf, deswegen schickte Herr Benkert den Sicherheitsdienst hinaus und schloss die Tür.

„Ja, durchaus. Denken Sie nicht, dass für eine kleine Galerie wie diese ungewöhnlich viele teure Gemälde hier hängen?", wollte sie schließlich wissen und fixierte erneut den Galeristen.

„Im Prinzip haben Sie recht. Aber in diesem Fall handelt es sich um Rubens. Wie man von diesem Maler weiß, hat er mehr als sechshundert Gemälde eigenhändig gemalt. Abgesehen davon arbeiteten in seinem Atelier mehrere sogenannte Fachmaler, wie zum Beispiel Jan Bruegel, die nach Entwürfen und Skizzen des Meisters selbst Gemälde anfertigten. So brachten sie es zu mehr als zweitausend Stück!"

Herr Benkert liebte es, über Maler zu sprechen. Er liebte Kunst. Er liebte Rubens. Dies hier war seine Welt. War sie nicht schützenswert? War sie nicht jedes Opfer wert? Erschrocken bemerkte er, dass er in seiner Erklärung innegehalten hatte und besann sich augenblicklich auf das zuletzt Gesagte.

„Nun ... da Rubens Aufträge aus dem ganzen europäischen Raum erhielt, wurden seine Werke, wie Sie sich denken können, dementsprechend verstreut. Immer wieder tauchen neue, unbekannte Bilder von ihm auf. Manchmal wissen die Besitzer heute nicht einmal, welchen Schatz sie an ihrer Wand hängen haben."

Wieder hielt er versonnen inne und deutete in einer allumfassenden Geste um sich.

„Wundern Sie sich also nicht über die kleine Auswahl, die hier hängt. Abgesehen davon, sind einige der Werke Leihgaben anderer Museen oder von Privatpersonen", fügte er noch hinzu, während plötzlich das Bild T. T. s vor seinem inneren Auge emporstieg. Herr Benkert schüttelte unmerklich den Kopf, um die Erinnerung abzuschütteln.

„Wie kommt es dann, dass für ein Gemälde von Rubens mehr als 76 Mio. US-Dollar gezahlt wurden?"

„Nun, das war *Das Massaker der Unschuldigen*. Eines seiner bekanntesten Werke. Außer diesem fällt keines seiner Gemälde mehr unter die zehn teuersten der Welt. Da stehen Namen wie Van Gogh und Picasso – beide mehrmals – ein Renoir, ein Cezanne und eben der eine Rubens."

Es war seine Welt. All dieses Wissen. All diese Farben.

„Wir fanden im Atelier des verstorbenen T. T. ebenfalls einen Rubens."

Der Galerist wandte seinen Blick ab und ließ ihn zum Fenster schweifen.

„Es ist mir vollkommen schleierhaft, wie er an den hat kommen können", meinte er abwesend und fügte beiläufig hinzu: „Vielleicht hat er ihn ebenfalls gestohlen. Mittlerweile ist ja bekannt, dass er der Dieb war."

Die Kommissarin wechselte mit ihrem Kollegen einen schnellen Blick, den der Galerist nicht bemerkte.

„Und dass dieses Gemälde gefälscht ist?", wollte sie nebenher wissen und nahm jede Regung in den Zügen des Galeristen in sich auf.

„Sie meinen jenes, das sie bei T. T. gefunden haben?" Er schien kurz nachzudenken, wartete auf ihr bestätigendes Nicken, doch als es ausblieb, fuhr er fort: „Ich weiß es nicht, ich kenne es nicht. Diese hier sind auf alle Fälle Originale."

„Woran erkennt man das?"

„Zuerst einmal an den Farben. Künstler arbeiten heutzutage nicht mehr mit den teuren Materialien wie zum Beispiel einst Rubens oder Cranach", er blickte sie abwartend an, um zu erkennen, ob sie seinen Ausführungen folgen konnte. Es schien so. „Dann hat sich die Zusammensetzung der Bindemittel geändert. Auch Holz, Leinwand oder Papier, der sogenannte Maluntergrund, können Aufschluss über die Zeit geben, wann das Gemälde wirklich entstanden ist. Die Infrarot-Reflektografie ist eine weitere Möglichkeit, eine Fälschung zu entlarven."

Vor langer Zeit einmal hatte er überlegt, selbst dazu beizutragen, Fälschungen zu enttarnen.

„Dabei wird das Gemälde mit einem Infrarotlicht bestrahlt. Mit Hilfe einer Infrarotkamera kann man dann eventuelle Raster auf dem Untergrund des Gemäldes erkennen, die Fälscher oftmals anlegen, um eine genaue Kopie erstellen zu können. Diese Infrarot-Reflektografie wurde bei all diesen Gemälden angewandt."

Maciag runzelte die Stirn. „Weshalb?", wollte sie wissen. „Bestand schon einmal Grund zur Annahme, dass es sich hierbei um Fälschungen handeln könnte?"

Herr Benkert schüttelte nachsichtig den Kopf.

„Nein. Jedes dieser Gemälde ist versichert. Die Versicherung hat zu ihrem eigenen Schutz die Bilder von einem ihrer Experten untersuchen lassen."

Kurz dachte er nach. „Wenn Sie wollen, kann ich Ihnen gerne ein Zertifikat zeigen, das die Echtheit der Bilder garantiert.

„Das wäre nett", meinte Maciag und blickte dem Galeristen nach, als er den Raum verließ. Wenige Minuten später kehrte der Mann zurück. In seiner Hand hielt er ein Blatt Papier.

„Hier ist es."

Ein wenig blass reichte er es der Polizistin.

„Einen solchen ‚Garantieschein' erhält jeder Käufer eines Rubens."

Kommissarin Maciag überflog die Zeilen.

„Darf ich mir das für ein paar Tage ausleihen?"

Als würde sich Herr Benkert in sein Schicksal fügen, meinte er achselzuckend: „Wenn es Ihnen hilft."

Während die Polizistin ihrem Kollegen das Papier weiterreichte, sagte sie: „Danke."

Und dann, als hätte sie es ganz vergessen, fügte sie hinzu: „Ach, da fällt mir ein … Ich wollte Sie noch fragen, wie das so war mit Ihrer Beziehung zu Herrn Tremel."

Ein kurzer Schauer lief dem Befragten den Rücken hinunter.

„Welche Beziehung?" Verzweifelt versuchte er, den Ahnungslosen zu mimen.

„Die geschäftliche? Die private?"

„Wir haben nur geschäftlich verkehrt."

„Das wäre ein überaus großer Zufall! Wie wir herausgefunden haben, wuchsen Sie im gleichen Dorf auf. Sie studierten an der gleichen Universität und zogen schließlich beide hierher nach Leipzig. Sie können mir nicht erklären, dass das Zufall ist!"

Fast hätte er nach Luft geschnappt, aber hatte er nicht damit rechnen müssen? Die gleiche Herkunft von Tremel und ihm war nicht weiter schwer herauszufinden.

„Nun … naja … ja … gut, Sie haben recht. Wir kennen uns von Kindheit an. Teilten schon früh unsere Vorliebe zur Kunst."

Maciags Blick war hart, als sie seinen Worten kühl lauschte.

„Ich habe schon bald eingesehen, dass ich besser als Galerist aufgehoben bin, Thomas hingegen wollte das Malen nicht sein lassen. Leider hatte er damit nicht den entsprechenden Erfolg. Nun, sein Stil ist … war … ein wenig … unbestimmt. Genauer gesagt, er hatte keinen eigenen Stil. Ich wollte ihn fördern, deswegen machte ich auch die Ausstellung mit ihm. Damit es nicht nach Vitamin B aussah, haben wir beschlossen, uns offiziell nicht zu kennen."

Nun hatte er zu seinem inneren Gleichgewicht zurückgefunden und erwiderte den Blick der Kommissarin fest.

„Das ist alles."

„Wir werden das überprüfen. Ich hoffe, Sie haben uns dieses Mal nicht belogen", kam es drohend von der Polizistin. Dann verließ sie gemeinsam mit Quintus den Ausstellungsraum.

Während der Galerist inmitten der teuren Gemälde allein zurückblieb, kam ihm der Gedanke, dass ihm die Werke kein Glück gebracht hatten. Ganz und gar kein Glück.

4. Kapitel

Eines Nachmittags ist er zu mir gekommen. Die Augen rot umrandet, der Blick fiebrig, unnatürlich glänzend. Ich erinnere mich genau an ihn. Die Ärmel hat er hinauf gekrempelt, sein Haar ist zerzaust, er ist nicht mehr Rubens. Eher erinnert er mich an Van Gogh. An Van Gogh, den armen Mann, der Zeit seines Lebens gegen Depressionen angekämpft hat, die ihn langsam von innen aufgefressen haben – die ihn verrückt machten. So sieht er aus. In seinem Blick schimmert das intensive Verlangen eines Drogensüchtigen. Auf diese Weise kommt er zu mir, stützt sich vor mir auf dem Schreibtisch ab, ist nun mit mir auf Augenhöhe.

„Ich brauche diese Farbe", keucht er, als würde sein Leben davon abhängen.

„Welche Farbe?", frage ich und denke bei mir, dass er den Verstand verloren hat.

„Purpura Lapillus!"

Ich starre ihn an, kann nicht glauben, was er soeben gesagt hat.

„Jetzt drehst du durch", stelle ich fest und versuche ruhig zu bleiben. „Das ist vollkommen unmöglich! Wie viel kostet ein Viertelgramm von dem Zeug? Das gibt's nicht unter dreihundert Euro!"

„Fünfhundert", verbessert er mich und packt mich an den Handgelenken, dass es schmerzt. „Ich *muss* diese Farbe haben! Hörst du? Ich *muss* sie haben!"

Ich versuche mich aus der Umklammerung zu lösen.

„Wie viele Schnecken müssen ihren Drüsensaft und ihr Leben für ein Gramm von diesem Purpur lassen?"

Er hält mich noch immer wie ein Ertrinkender umklammert.

„Achttausend", antwortet er beiläufig, dafür drückt er umso fester zu. „Ich brauche diese Farbe, hörst du! Ich brauche sie! All mein Leben, all mein Schaffen, alles wäre nichtig ohne Purpura Lapillus. Nichts hätte mehr einen Sinn!"

Ich sehe die Verzweiflung in seinen Augen.

„Schon gut", sage ich ein wenig sanfter, „schon gut!"

Der Druck seiner Hände lässt nach und ich reibe mir die Handgelenke.

„Wie viel von dem Zeug brauchst du?"

„Mindestens zwei Gramm!"

„Das kann nicht wahr sein! Zwei Gramm reichen doch für mehr als einen Quadratmeter! Willst du dein Zimmer damit ausmalen?"

„Für zwei Quadratmeter", verbessert er mich ein weiteres Mal. „Sei nicht sarkastisch!"

Ich will es nicht glauben und schüttle verständnislos den Kopf. Zwei Gramm bedeuten 4000 Euro!

„Es ist für mein Lebenswerk. Der Höhepunkt meines Schaffens!"

„Ich hoffe, der heißt nicht Schöps", kann ich mir nicht verkneifen einzuwerfen und erhalte dafür einen feindseligen Blick.

„Beruhige dich", möchte ich ihn beschwichtigen, „ich werde dir helfen!"

Oberkommissarin Maciag lehnte am Fenster ihres kleinen Büros und starrte auf das Zertifikat.

„Wir sollten nur für den Fall der Fälle die auf diesem Schreiben befindlichen Fingerabdrücke sicherstellen", meinte sie nach einer Weile.

„Warte!" Polizist Quintus beugte sich eifrig vor und ignorierte den fragenden Blick seiner Chefin. „Halte das Papier noch einmal so wie eben."

Maciag bemühte sich, seiner Bitte nachzukommen.

„Noch ein wenig höher!"

Sie hob das Zertifikat noch ein bisschen an, dann sah sie es selbst.

„Die Flügelchen! Das gleiche Wasserzeichen, wie es dem Papier des Abschiedsbriefes zu eigen war! Georg! Das ist genial!"

Voller Begeisterung ballte sie die Hände zu Fäusten und zog sie in Richtung Knie, das sie ein wenig anhob. Sie fühlte sich, als hätten sie und ihre Mannschaft soeben ein Tor geschossen.

„Wir müssen herausfinden, welche Firma dieses Wasserzeichen verwendet. Klemm' dich dahinter!"

Der Polizist erhob sich.

„Bevor du gehst", hielt die Kommissarin ihn zurück, „sag mir, ob du es so siehst wie ich. Es war kein Selbstmord, sondern Mord!"

Quintus nickte bestätigend.

„Bei der Sache passt zu Vieles zu gut und zu Vieles überhaupt nicht. Ein eindeutiger Hinweis auf ein Gewaltverbrechen."

Damit verließ er das Büro.

Es war bereits dunkel. Die Gemälde an der Wand hatten sich mit dem Schwarz der Nacht gemischt – die Rahmen umfassten triste Rechtecke, einzig das Bild *Die singende Krähe* schimmerte matt im Schein des bläulichen Lichtes einer weiter entfernten Straßenlaterne außerhalb des Gebäudes. Es schien, als hätte sich Schlaf über die Kunstwerke gesenkt und gestattete ihnen, nun zu ruhen, sich zu sammeln, die Farben abzulegen, um am nächsten Tag in neuem Schimmer die Augen des Betrachters erfreuen zu können. Nur T.T.s Bild schlief nicht. Ihm erlaubten die Farben nicht, zu ruhen. Wie ein Fieber hatten sie von der Leinwand Besitz ergriffen, der nicht einmal tiefste Finsternis Genesung versprach.

Als die Lichter aufflammten, erwachten die Gemälde wieder aus ihrem stillen Schlaf und hüllten sich in die für sie bestimmten Farben. Einzig *Die singende Krähe* wechselte von einer Schattierung in die nächste.

Der Galerist betrat den Ausstellungsraum, nachdem er eine der Alarmanlagen für diesen Bereich ausgeschaltet hatte und schien magisch von dem Bild T.T.s angezogen zu werden. Das innere Feuer des Künstlers übertrug sich stets auf Herrn Benkert, wenn er eines der Gemälde des Malers betrachtete. Ein Feuer, das alles verzehrte. Schnell wandte sich der Galerist wieder ab, er brauchte jetzt Ruhe, durfte sich von dem Gemälde nicht aufwühlen lassen, er sollte besser aus dem Fenster starren. Doch auch die Scheiben warfen das Bild des Raumes wie ein Spiegel zurück und er starrte in seine eigenen, von dunklen Ringen eingerahmten Augen.

Von diesem Anblick wandte er sich erst ab, als die Tür geschlossen wurde. Die Schritte durch den Eingangsbereich zuvor hatte er ignoriert, doch nun war er mit dem Anderen in einem Raum. Kein Wort des Grußes kam über dessen Lippen. Nein. Mit unbeteiligter Stimme fasste er die Fakten zusammen: „Mittlerweile hat die Polizei festgestellt, dass der Rubens in T.T.s Wohnung gefälscht ist."

Herr Benkert beobachtete, wie sich Grimms Lippen vielsagend verzogen, als er fortfuhr: „Das hat sich bis zu meinem Chef durchgesprochen."

Sein Gegenüber vertiefte den Blick und der Galerist konnte bitteren Spott in dessen Zügen erkennen. „Sie können sich denken, was das heißt … Bis zu Ihrer Galerie ist es nur ein Katzensprung."

Ein Katzensprung, überlegte Herr Benkert, ja, ein Katzensprung. Die Katze war bereits in der Luft. Bald würde sie landen. Hier landen. Inmitten seiner geliebten Gemälde, inmitten seiner Welt, inmitten Allem, was für ihn zählte. Er musste sie retten! Alles retten!

„Hören Sie, Sie müssen versuchen …", begann der Galerist verzweifelt, wurde aber von dem Versicherungsangestellten unterbrochen: „Gar nichts muss ich! Im Gegenteil, jetzt gilt es Maßnahmen zu ergreifen, die den Schaden so gering wie möglich halten!"

Benkert fühlte Zorn in sich aufsteigen.

„Nur zu! Was schlagen Sie vor?"

Nun war der letzte Rest Höflichkeit von beiden abgefallen, einzig das Überleben zählte.

„Ich werde meiner Versicherung nahe legen, Ihre Bilder zur Sicherheit mit weiteren Methoden zu überprüfen."

„Wie bitte?", keuchte der Galerist, der Zorn schien sich wie ein roter Vorhang vor seinen Augen zu schließen. Er kämpfte dagegen an und als er den anderen Mann wieder erkennen konnte, presste er heiser hervor: „Ich sage Ihnen eines, Herr Grimm, wenn ich falle, dann ziehe ich Sie mit! Darauf können Sie sich verlassen! Ihretwegen sind wir jetzt an diesem Punkt angelangt! Ihretwegen und T. T.'s wegen, diesem Rubens-Fanatiker!"

Als hätte er große körperliche Anstrengungen hinter sich, hob und senkte sich sein Brustkorb in schnellem Rhythmus.

Grimms Augen funkelten gefährlich, als er zwischen den Zähnen hervorstieß: „Sie wollen mir drohen? *Sie* wollen mir drohen? *Sie* wollen *mir* tatsächlich drohen?"

Er senkt die Lider ein wenig, sodass nur zwei funkelnde Schlitze hasserfüllte Blitze in des Galeristen Richtung schleuderten.

„Ich werde es schon so aussehen lassen, dass kein Verdacht auf mich fällt, das können Sie mir glauben, Herr Benkert! In Ihrer Position wäre ich sehr leise und würde nicht auch noch große Töne spucken!"

„Sie sind um nichts besser, als all die Kunsträuber! Um nichts!", spuckte der Galerist abfällig aus.

Langsam kam Herr Grimm auf seinen Widersacher zu und blieb wenige Zentimeter vor ihm stehen.

„Jetzt hören Sie mir genau zu, Herr Benkert", forderte er mit unterdrückter Wut, „*ich* bin mehr als erzürnt über die Art, wie die ganze Sache gelaufen ist! *Ich* bin der Einzige hier, der ein Recht darauf hat, wütend zu sein! Wissen Sie, was dieser Fauxpas mit Ihrem Künstler, den Sie anscheinend nicht unter Kontrolle halten konnten, möglicherweise für mich und meine Karriere bedeutet?"

Die letzten Worte schleuderte er dem Galeristen verächtlich entgegen: „Können Sie das in Ihr Hirn bekommen?"

„Jetzt wollen Sie *mir* die Schuld in die Schuhe schieben?" Herr Benkert keuchte außer sich und ein leicht hysterischer Unterton schwang bei den nächsten Worten mit: „Wenn es Sie nicht gäbe, wäre T. T. noch am Leben!"

Als wir Jugendliche waren, hatten wir eine etwas eigenartige Angewohnheit, mit Niederlagen umzugehen. Es kommt mir vor wie gestern, wenn er vor mir steht und sich über etwas ärgert oder tiefe Enttäuschung seine Gesichtszüge zerfließen lässt. Es ist wie früher. Nur, dass er damals Tränen in den Augen hatte. Ich reiche ihm Stift und Papier – wenn ich der Armselige war, machten wir es umgekehrt – er setzt sich an den Tisch und beginnt zu schreiben. Es ist ein Abschiedsbrief an diese ungerechte Welt, ein Abschiedsbrief voll Seelenschmerz, geschrieben mit Herzblut. Ein Lebwohl, ein Ade, Abschied für immer. Nachdem er seinen Namen schwungvoll unter die Nachricht gesetzt hat, geht es ihm besser und ein Lächeln blitzt unter dem Tränenschleier hervor. Denn auf dem Papier ist er soeben gestorben, er schält sich als neuer Mensch unter der Trauer, der Wut hervor, dann ist er wieder bereit, um nach dem Pinsel zu greifen und sich auf die Kunst einzulassen. Nur ich starre auf die Zeilen: „Leb wohl, Welt, die in ihrer Farbenpracht erstrahlt, wie es die Kunst niemals kann, leb wohl, du feiner Schwung eines Grashalmes, der du dich im Wind biegst, wie es eine Skulptur niemals vermag. Denn alles ist nur eine Interpretation, eine Kopie von dir, Natur, nichts kommt aus uns. Nichts kommt aus mir, deshalb leb wohl!" Und während er schon wieder malt, bin ich noch gefangen zwischen seinen Worten und will nichts anderes, als mich in ihnen auflösen.

„Der Rubens, den der Anwalt an uns weitergeleitet hat, ist ein Original, wie zwei unabhängige Kunstexperten bestätigt haben", berichtete Maciag ihrem Kollegen Quintus. „Wohingegen – wie wir seit gestern wissen – der Rubens aus Tremels Atelier gefälscht ist. Kannst du mir erklären, weshalb der Maler den echten an den Anwalt geschickt hat?"

Der Polizist schüttelte den Kopf.

„Vielleicht hat er vor etwas Angst gehabt", meinte er nach einer Weile.

„Oder vor jemandem", führte Maciag den Gedankengang weiter.

„Vielleicht vor dem Mörder?", fragte Quintus.

„Aber wenn er damit gerechnet hat, umgebracht zu werden – weshalb ist er dann nicht zur Polizei gegangen?"

Quintus zuckte ratlos die Achseln, beobachtete Maciag dabei, wie sie sich den Kopf zerbrach und sagte dann nach wenigen Minuten: „Weshalb ich eigentlich gekommen bin: Ich habe die Papierfabrik ausfindig gemacht, die dieses Wasserzeichen verwendet hat."

Die Oberkommissarin lenkte sofort ihre ganze Aufmerksamkeit auf ihr Gegenüber.

„Und was ist dabei herausgekommen?"

„Rate mal."

„Ich hab jetzt nicht die Nerven für eine kleine Dingsdarunde! Raus mit der Sprache!"

„Die Papierfabrik stand am Rand der nächsten größeren Stadt im Umkreis des Heimatdorfes unserer beiden Freunde, Herrn Benkert und dem Verstorbenen Herrn Tremel."

„Was du nicht sagst!"

„Ja, und was noch erstaunlicher ist, sie ist seit mehr als acht Jahren geschlossen!"

Maciag, die bis zu diesem Augenblick im Büro auf und ab gegangen war, ließ sich auf ihren Stuhl fallen.

„Was sagst du dazu?"

„Es würde mich wundern, wenn nicht beide Papierbögen einmal mit Herrn Benkert in Berührung gekommen sind. Oder mit diesem Versicherungsmann, der gestern hier war. Dem Experten, du weißt, wen ich meine?"

„Ja. Natürlich hat er zumindest das Zertifikat in Händen gehalten", meinte der Polizist. „Er hat es schließlich unterschrieben."

Maciag sprang wieder auf und setzte ihren Tigergang fort.

„Dieser Grimm", fragte sie nach einiger Zeit, „dieser Grimm, woher stammt der eigentlich?"

Die Bilder ließen ihn nicht ruhen. Wie ein Verrückter ging er zwischen Rubens Werken auf und ab. Es war, als hätten sie einen Kreis um den Galeristen gebildet, aus dem sie ihn nicht mehr entkommen lassen wollten.

„Er war es, er war es, er hat ihn umgebracht ..."

Wie ein Gefangener fuhr er herum.

„Ein Albtraum, ein Albtraum ... ich hätte das niemals tun dürfen! Niemals!"

Mitten im Raum blieb er abrupt stehen und zog eine verzweifelte Grimasse, als er mit einem Gegenüber zu sprechen begann, das nur in seiner Phantasie existierte: „Aber du wolltest es doch ... ich hab dich gewarnt, dass etwas passieren würde ..."

Mit zitternden Händen fuhr er sich durch sein Haar. Dann seufzte er schwer und setzte schleppend seinen Rundgang durch die Galerie fort.

„Ich hätte nicht gehen dürfen ... wie dumm, wie dumm! Was soll ich jetzt nur machen?"

Vom Eingangsbereich her hörte er Schritte. Herr Benkert trat in die Halle.

Froh, von seinem Kummer abgelenkt zu werden und der Präsenz der Farben Rubens zu entkommen, fragte er: „Kann ich Ihnen helfen?"

„Ich möchte mir die Ausstellung zum Symbolismus ansehen – die Galerie ist doch geöffnet?"

„Ja, ist geöffnet. Kommen Sie doch mit mir. Ich zeige Ihnen die Ausstellung gerne."

Er führte den überraschten Besucher in den Ausstellungsraum, ohne dessen leichten Widerstand zu registrieren. Vor T. T.s Werk hielt er an.

„Wie gefällt Ihnen dieses Bild, das hier mit der Krähe?"

Mehr zu sich selbst fuhr er fort: „Als hätte der Künstler gewusst, dass er nicht mehr lange zu leben hatte, als er es malte … Komisch nicht, manchmal scheint es, als würde der Tod uns auf die letzte Stunde vorbereiten, uns sozusagen noch die Gelegenheit geben, Dinge zu regeln …"

Der Besucher schien instinktiv zu spüren, dass er dem Mann neben sich nicht zu antworten brauchte und betrachtete das Bild interessiert. Tatsächlich hatte der Galerist die Anwesenheit des Anderen vergessen und sprach nun leise weiter: „Es heißt *Die singende Krähe*, das Gemälde, meine ich. Er hätte es auch *Der nahe Tod* nennen können. Oder einfach nur *Unheil*. Aber er hat sich, als er dieses Bild malte, dem Symbolismus hingegeben, den Krähen im Winter, wenn die Natur scheinbar gestorben ist."

Nun brach er ab und wandte sich an den Besucher, als hätte dieser eine Frage gestellt, dabei blickte er durch ihn hindurch.

„Sie möchten weitere Bilder des Künstlers sehen?"

„Ähm, ja, wenn …"

„Es tut mir leid, dass ich Sie enttäuschen muss, doch außer diesem Gemälde, stellen wir im Moment keine anderen des Malers aus. Es interessiert Sie sicherlich, woran er gearbeitet hat, bevor er starb?"

Der Besucher nickte ein wenig irritiert. Der Galerist lächelte in sich hinein, ohne auf die Reaktion seines Gegenübers zu achten.

„Nun, Sie fragen viel …"

„Aber ich habe do…"

„Ich bin zwar nur ein Galerist, doch ich weiß es zufällig. T. T. war ein Freund, ein besonderer Freund meiner Wenigkeit. Er wollte ein Selbstbildnis auf einem 2,5 × 1,5 Meter breiten Segeltuch malen. In seiner vollen Größe wollte er mit dem Rücken leicht schräg zu dem Betrachter stehen und diesen über die Schulter hinweg ansehen, einen Umhang tragend, der das ganze untere Drittel einnehmen sollte in der Farbe der Könige: Purpura Lapillus."

Langsam kehrte Herr Benkert aus seiner Versunkenheit zurück, was dem Besucher nicht verborgen blieb. Um ihn in der Realität zu halten, meinte er schnell: „Soweit ich mich erinnern kann, wurde T. T. von den Kritikern nicht sonderlich geschätzt."

Der Blick des Galeristen wurde trübe, während er sinnend über die Worte nachdachte.

„Ja, Sie haben recht", gab er mit schmerzlichem Unterton zu. „Sein Stil war nicht der klarste. Seine Bildkompositionen nicht die künstlerischsten, eher langweilig. Aber seine Farben ... seine Farben waren brillanter, als Sie sie jemals gesehen haben!"

Und während er auf *Die singende Krähe* starrte, erinnerte er sich zum wiederholten Male daran, vor langer Zeit einmal überlegt zu haben, dazu beizutragen, Fälschungen zu enttarnen. Doch dann hätte er unweigerlich einen der besten Fälscher dieser Zeit entlarven müssen, dachte er nun und wandte sich betrübt ab.

6. Kapitel

Er ist aufgeregt, er sieht mich an. Flehentlich. Seine bunten Finger heben sich zu seinem Kopf, er fährt sich durchs schwarze Haar, hinterlässt farbige Spuren. Smaragdgrüner Malachit schimmert auf dem dunklen Untergrund. Nun hat er sich selbst zu einem Gemälde gemacht.

Er hat Rubens gemalt. Und wieder Rubens gemalt. Den gleichen nocheinmal. Drei identische Rubens stehen vor mir, nur einer ist echt.

„Ich kann ihn dir nicht geben", sagt er. „Ich *kann* einfach nicht."

Wir diskutieren seit einer halben Stunde, dabei betont er immer wieder, dass es ihm einfach unmöglich ist, sich von dem echten Rubens zu trennen.

„Gib ihm eine Fälschung, ich *bitte* dich", fleht er, „eine Fälschung. Komm, sag, dass du es tun wirst, du wirst ihm meinen Rubens geben, ja?"

Ich schüttle den Kopf.

„Du weißt, dass er es merken würde und du weißt, welche Folgen es hätte, wenn wir uns nicht an unsere Vereinbarung hielten."

„Und du weißt, was er mir bedeutet, du weißt es!", dringt er verzweifelt in mich. „Es ist mein erster Original Rubens, den ich *berührt* habe. *Berührt!* Verstehst du? Ich habe die gleiche Farbe berührt, die auch er sich von den Fingern gewischt hat!"

„Ich weiß."

„Ich *kann* ihn nicht hergeben!"

„Du musst!", beharre ich und werde langsam ein wenig ungeduldig. „Oder willst du, dass er mich auffliegen lässt? Uns?"

„Es ist mir egal. Das interessiert mich nicht! Alles, was zählt, ist Rubens. Nichts anderes. Es gibt nichts Anderes!"

„Du bist völlig übergeschnappt, weißt du das?"

„Egal. Von mir aus, dann bin ich übergeschnappt, wenn du meinst. Das ändert trotzdem nichts!"

Ich fühle die Wut meine Gurgel umklammern, bekomme kaum noch Luft.

„Hör mir gut zu", drohe ich mit gesenkter Stimme, „ich werde jetzt gehen und du wirst dich beruhigen. In zwei Tagen komme ich wieder und dann hole ich ihn, verstanden? Da kannst du machen, was du willst, ich werde ihn mitnehmen! Von dir lasse ich mir mein Geschäft nicht ruinieren! Die Galerie ist alles, was ich habe!"

Und dann stürze ich aus dem Raum, lasse ihn hinter mir zurück. Nur einmal noch drehe ich mich um. Er steht mit hängenden Schultern in der Mitte des

Zimmers, sein Kopf ist gesenkt. Bevor ich die Tür hinter mir zuknalle, höre ich einen unterdrückten Laut. Ich habe ihn seit Jahren nicht mehr weinen sehen.

„Zwei Neuigkeiten", freute sich Quintus und setzte sich vor Maciags Schreibtisch. „Erstens: Grimm stammt genau aus der Stadt, in der besagte Papierfabrik sämtliche Einrichtungen mit Zellulose versorgte, aber das muss nichts heißen. Zweitens: Wie wir aus mehreren Aufzeichnungen des Toten erkennen konnten, änderte er die Schreibweise des kleinen *a* vor ungefähr zwanzig Jahren. Da muss er zwischen fünfzehn und achtzehn Jahre alt gewesen. Das heißt, liebe Noreen, der Abschiedsbrief ist mindestens fünfzehn Jahre alt!"

„Meine Güte", murmelte die Oberkommissarin, „das passt zusammen. Das Papier, das seit acht Jahren nicht mehr produziert wird, die veränderte Schrift, die fehlenden Fingerabdrücke, der gefälschte Rubens und die Fingerabdrücke darauf."

Sie griff nach ihrer schweren Lederjacke.

„Gehen wir, Georg!"

Fassungslos stand Herr Benkert vor den kahlen Wänden der ehemaligen Rubensausstellung. Ein dicker Kloß in seinem Hals erschwerte ihm das Schlucken. Die Schritte des Möbelpackers verhallten unwirklich in der Eingangshalle. Es war wie der Tod. Herr Grimm hätte ihm genauso gut ein Messer ins Herz rammen können. Wie durch einen Nebel hindurch fühlte er dessen Anwesenheit. Er stand wohl nur wenige Meter hinter ihm und inspizierte den leeren Raum.

„Sie haben alle Rubens mitgenommen", durchbrach der Galerist die Stille. Seine Stimme klang rau. „Wie konnten Sie nur?

„Wie gesagt, jetzt geht es um mein Fell, da kann ich mich nicht auch noch um Ihres kümmern", erwiderte der Kunstexperte der Versicherung.

Dann war es still. Der Nebel schien an Dichte zuzunehmen – sich mit jeder Sekunde mehr zusammenzuballen.

„Ich war mir nie sicher, aber Sie waren, es, oder?", flüsterte Herr Benkert und wusste nicht, ob seine Worte den anderen erreichten. „Sie haben T. T. getötet."

„So ein Unsinn, das hat er schon alleine gemacht."

Nur kurz rissen seine Worte das Wolkenfeld auseinander, dann fühlte er sich verlassen wie zuvor.

„Es hat alles keinen Sinn mehr. Ich habe alles verloren."

Herr Benkert hatte die Schritte nicht gehört. Trotzdem mussten sie irgendwie hereingekommen sein. Maciag und ihr schweigsamer Kollege.

„So ein günstiger Zufall, dass wir Sie beide hier antreffen!", hörte er ihre Stimme sagen und plötzlich fiel der Nebel in sich zusammen und alles war klar. So klar.

7. Kapitel

Ich sehe ihn vor mir, als er mir die Tür öffnet. Er wirkt ruhiger nach unserem Streit, lässt mich herein. Zum Glück ist es wärmer als im Freien. Ich drücke ihm eine Weinflasche in die Hand, lege Mantel und Schal ab, schlüpfe aus den Handschuhen.

„Mach ihn schon einmal auf", sage ich. „Er wird dir helfen, dich von dem Gemälde zu trennen."

Er schweigt, verschwindet in die Küche. Ich höre ihn hantieren, dann das Klirren von Gläsern. Langsam lasse ich mich auf einen Armsessel sinken, er gesellt sich zu mir. Die Stimmung wirkt filigran wie eine Seifenblase oder ein ganz, ganz dünnes Glas. Ich weiß, dass er es spürt, er ist Künstler. Ich krame in meiner Tasche und lege einen alten Abschiedsbrief vor ihn hin.

„Ich habe ihn gefunden", sage ich, „vielleicht solltest du wieder einen schreiben. Dann fällt dir der Abschied von Rubens leichter."

„Ich werde keinen Abschiedsbrief schreiben", erwidert er bestimmt.

Ich zucke mit den Schultern und beobachte, wie er uns einschenkt. „Zeig mir den Rubens, wo hast du ihn?"

Er steht auf, geht vor mir ins Atelier. Ich nütze den Augenblick und lasse zwei Tabletten mit Schlafmittel in den Wein fallen, die ich lose in meiner Tasche getragen habe.

Dann bin ich schon bei ihm. Er deutet auf ein Gemälde, er kann mich nicht täuschen. Ich weiß, dass dies Werk von seinen Händen stammt.

Auf der Staffelei steht ein halbfertiges Bild.

„Ist das Schöps?", will ich wissen, er nickt.

„Sie ist viel zu dünn", meint er, „ich muss sie ein wenig ausfüllen. Rubens hatte mehr Glück mit seinen Modellen."

Wir lächeln einander an.

„Gehen wir wieder hinüber", sage ich.

Er trinkt von dem Wein.

„Der beste ist das nicht", stellt er fest, „korkt ein bisschen."

„Tut mir leid", sage ich. „Ich war überzeugt, dass es ein Qualitätswein ist. Man sollte Wein halt nicht im Supermarkt kaufen."

„Mit dem Wein ist es wie mit einem Gemälde", erörtert er, „wenn du einen guten willst, musst du direkt zum Fachmann gehen. Zum Weinbauern oder zum Maler."

Er gähnt und schenkt sich noch ein Glas ein. Ich habe meines bis jetzt nicht angerührt.

„Ich muss mal schnell", entschuldigt er sich und erhebt sich. „So ein Harndrang aber auch!"

Diesmal lasse ich vier Tabletten ins Glas fallen. Sein Gang ist ein wenig schleppend, als er zurück kommt, setzt sich, trinkt wieder.

„Wie kommt es, dass der Wein mit jedem Glas schlechter schmeckt?", fragt er, ich zucke die Achseln.

„Du bist einfach ein wenig angestrengt", meine ich und sehe zu, wie er ein weiteres Mal gähnt.

„Komm, trink noch ein Glas, dann kannst du mir das Original zeigen."

„Woran hast du erkannt, dass der Rubens nicht echt ist?"

„Er ist echt, du bist doch Rubens, oder?"

Er lächelt.

„Ja, ja, das bin ich."

Wieder füllt er sein Glas.

„Du hast ja deinen Wein noch gar nicht angerührt", stellt er fest, schon ein wenig undeutlich.

Er sinkt zurück, schließt kurz die Augen. Ich nutze den Moment und wieder mischen sich vier Tabletten mit dem Wein.

„Was ist denn das Komische, das da im Wein herumschwimmt?", will er wissen, als er die Augen wieder öffnet.

„Tritt nur auf meiner offenen Wunde herum", necke ich ihn. „Kork wahrscheinlich."

Er gluckst, greift nach dem Getränk, schüttet es hinunter.

„Mir wird wirklich viel leichter", gesteht er, „aber ich kann dir den echten Rubens heute nicht geben."

„Jaja", sage ich und warte, dass er einschläft. Einige Minuten bleibe ich still sitzen, nur zur Sicherheit, dass er nicht aufwacht. Dann stehe ich auf und möchte gerade in sein Atelier gehen, um in Ruhe nach dem echten Rubens zu suchen, als sich seine Atmung verändert. Er liegt auf dem Sofa und zuckt krampfartig. Was habe ich getan?, schießt es mir durch den Kopf. Was habe ich getan?

Die Apotheke um die Ecke ist meine einzige Rettung, dort möchte ich ein Brechmittel erstehen. Als ich nach dem Mantel greife, fallen in meiner Hektik die Tablettenhüllen auf den Boden. Ich bemerke es nebenbei – es ist unwichtig – stürze aus der Wohnung, deren Tür ich offen lasse, damit ich sofort wieder hinein kann, wenn ich zurückkomme. Alles um mich herum verschwimmt, während ich die Treppe hinabeile, ich habe ihn doch nicht etwa umgebracht!

Der Galerist lehnte erschöpft an der Wand, sein Gesicht dem Fenster zugewandt. Der Kummer hatte ihn aller Kraft beraubt.

„Diesen Moment haben Sie genutzt, Herr Grimm, nicht wahr?"

Als die Kommissarin diese Frage stellte, fühlte er sich als unbeteiligter Zuschauer einer Tragödie. Er machte sich nicht einmal die Mühe, in die Richtung des Kunstexperten zu sehen.

„Wozu genutzt?"

„Um in die Wohnung zu gehen."

„Ich war niemals in der Wohnung des Toten."

„Sie waren sehr wohl dort. Wir fanden Ihre Fingerabdrücke."

Kurz war es still.

„Das ist vollkommen unmöglich!"

„Sie waren gut. Fast hätten wir Ihre Spur übersehen."

Ohne sie anzusehen, wusste Herr Benkert, dass sie spöttisch lächelte. Er konnte es an ihrem Ton hören, doch es interessierte ihn nicht.

„Welche Spur?"

„Nachdem Sie sich in die Wohnung geschlichen haben und T. T. schlafend vorfanden, setzten Sie Ihren Plan, den Maler zu töten, in die Tat um. Sie gaben ihm in die eine Hand das Messer, nahmen es wieder an sich, schnitten ihm die Pulsadern auf und legten die leeren Tablettenblister neben das Glas."

Sie machte eine kurze Pause und warf einen Blick zu dem Galeristen. Dieser hatte sich noch immer nicht geregt. Es schien, als wäre alles Leben aus ihm gewichen.

„Dann haben Sie das Messer einfach fallen lassen", fuhr sie unvermittelt fort, „sind in sein Atelier gegangen. Dort stand ein Rubens auf dem Boden."

Nun fixierte sie den Angestellten der Versicherung, der sie mit gespitzten Lippen von oben herab musterte. Noch war er sich sicher. Er wusste, dass es keine Bedrohung geben konnte. Er wusste es.

„Sie konnten nicht widerstehen, an Ort und Stelle zu überprüfen, ob es sich um eine Fälschung handelte, zogen die Handschuhe aus und strichen sanft über die Farbe und die Leinwand, nicht wahr, Herr Grimm? Sie kannten T. T.s Fälschungen aus der Galerie genau und wussten, wie sich die Leinwand anfühlte, auf der er malte. So entlarvten Sie das Bild augenblicklich als Fälschung."

Mit Befriedigung beobachtete sie nun, wie der Mann an Selbstsicherheit verlor. Er hatte ihr Mitleid nicht verdient, so fuhr sie fort: „Doch Sie hatten keine Zeit mehr weiterzusuchen, denn Sie hörten Schritte, die sich der Wohnungstür näherten."

In dem Moment, als Herrn Grimm klar wurde, dass ihn keine Ausrede mehr retten würde, stieß er zornig hervor: „Benkert versprach mir einen Rubens, wenn ich T.T.s Fälschungen Echtheitszertifikate ausstellte. T.T. ist mir in die Quere gekommen. Er hätte mir das Bild aushändigen müssen, wie wir es vereinbart hatten!"

Ich sehe ihn vor mir, als er auf dem Sofa sitzt. Er hat ein neues Bild gemalt. Blutrot ist es. Ich ziehe meine Handschuhe an, ohne zu wissen, was ich tue – den Mantel.

Zu spät. Ich habe ihn getötet. Ich hätte ihn nicht so drängen dürfen, hätte ihm den Rubens lassen sollen. War sein Leben nicht mehr wert als meine Galerie? Er hat sich meinetwegen umgebracht. Der Abschiedsbrief liegt neben ihm. Ich wollte ihn doch nur betäuben. Er hat mich wohl getäuscht, sich schlafend gestellt, mir die Krämpfe vorgespielt, sodass ich seine Wohnung eilig verließ, um dann in Ruhe nach dem Messer zu greifen. Ich sollte ihn finden.

Herr Benkerts Augen waren weit aufgerissen, doch er sah und hörte nicht mehr, was um ihn vor sich ging. Der Nebel hatte alles verschluckt.

Er hat ein neues Bild gemalt.

„Es ist ein Original", flüsterte er in das Nichts.

Seine Hände zitterten und Tränen traten in seine Augen. Jemand hatte eine Hand auf seine linke Schulter gelegt. Der Galerist wandte den Kopf. Er konnte nicht erkennen, wer es war.

„Ich sehe ihn neben mir über die sattgrünen Hügel laufen, die sich hinter unserem Dorf sanft durch die Landschaft wellen", berichtete er und fühlte sich zur gleichen Zeit losgelöst von seinem Körper und seinem Sein. „Ich sehe sein lachendes Gesicht, hell vor dem dunkelblauen Himmel eines späten Sommertages."

In diesem Moment schlug der Verlust des Freundes wie eine vernichtende Welle über ihm zusammen.

Er hatte ihn umgebracht. Er hatte alles verloren.

Mondscheinsonate

Es begann plötzlich. Von einem Tag auf den anderen, von einer Sekunde zur nächsten. Unerwartet und schmerzhaft. Ein Kreischen so schrill, dass es einem die Härchen auf den Unterarmen aufstellte. Ein Misston so anders als die Geräusche dieser Welt, der einen schaudern ließ. Bis zu den Fasern meines Herzens, ein Gefühl, als hätte man sich den Ellenbogen angeschlagen – noch verstärkt, tausendfach verstärkt.

Dann hörte ich seine Schritte. Die Absätze seiner schweren Lederstiefel hallten kalt von den Wänden wider, als er den Gang entlang schritt. Langsam, unaufhaltsam, furchtlos. Der Geruch seiner glühenden Pfeife kroch unter der Türritze herein in das Zimmer, griff nach meinen Fesseln, zog sich mit gichtigen Krallen an meinem Kleid hoch, bis er meine Nase gefunden hatte, sie aufreizend kitzelte und reizte, bis ich niesen musste. Ich konnte nicht anders, immer wenn ich den Tabak seiner Pfeife roch, zerriss es mich von innen heraus und ich konnte oftmals nur mehr in letzter Sekunde meine Hand vor den Mund schlagen und auf diese Weise versuchen, jenen Drang zu unterdrücken.

Nun erklomm er gemessenen Schrittes die Stufen in den nächsten Stock, seine Anwesenheit löste sich langsam auf wie auch sein Duft, der stets länger im Raum stand als sein Verursacher – manchmal sogar noch Stunden später in der Luft hing.

Nach zwei weiteren Minuten hörte das Kreischen, das keinen menschlichen Ursprung haben konnte, auf, verstummte. Plötzlich war es still. Auf eine Art still, die einen frösteln ließ. Eine lauernde Stille, die mit jeder Sekunde, die verstrich, explodieren konnte, ohne auch nur eine Fensterscheibe vibrieren zu lassen.

Unwillkürlich hielt ich den Atem an und lauschte. Doch kein Laut verirrte sich zu mir, einzig der Schnee rieselte vor den Fenstern in tanzenden Bahnen vorbei, um sich als federne Decke über die Umrisse der Natur zu legen und die Welt für den Betrachter weicher zu malen, ihr die Härte zu nehmen und Konturen verschwimmen zu lassen.

Obwohl es bereits dunkel war, erhellte das gefallene Weiß die Nacht und ich konnte die spärlichen Einrichtungsgegenstände des Raumes einwandfrei erkennen. Auch Thereses Gesicht, das rund und bleich in meine Richtung gedreht erstarrt war, hob sich deutlich von der Dunkelheit ab.

In diesem Moment spürte ich die Kälte, die von meinen Gliedern Besitz ergriffen hatte und fröstelte. Schnell zog ich die Decke, die ich über meine Schultern gelegt hatte, enger um mich und tapste auf leisen Sohlen zu meinem Bett zurück. Thereses Augen folgten mir, sonst bewegte sie sich nicht.

Nachdem ich mich auf dem harten Lager niedergelassen hatte, suchte ich den Blick meines Gegenübers.

„Was, bei der Heiligen Mutter Gottes, war das?", flüsterte sie und ich verstand ihre Worte kaum.

Mit panisch verzerrtem Mund schlug sie ein Kreuz und ich biss meine Zähne aufeinander, damit sie nicht zu klappern begannen, ob vor Angst oder Kälte sei dahingestellt.

Noch immer war es still. Ich zuckte die Achseln, langsam kehrte Leben in meinen Körper zurück. Auch Therese beendete ihre büstenhafte Starre und fuhr sich mit den Händen abwechselnd über ihre Unterarme.

„Ob es die anderen auch gehört haben?", fragte sie, nun schon ein wenig lauter. „Glaubst du, der gnädige Herr persönlich ist der Sache auf den Grund gegangen?"

Wieder hob ich ratlos die Schultern.

„Das war doch kaum zu überhören", meinte ich und beobachtete den kalten Hauch, der sich mit meinen Worten vermischte und an den Scheiben niederschlug. Es war zum Gotterbarmen kalt in dieser Nacht.

„Vielleicht ist die schwarze Grete zurückge…", begann sie, doch ich wehrte mit einer schnellen Handbewegung ab.

„Sprich nicht von ihr!", zischte ich. „Du weißt, was passiert, wenn …"

Wir starrten einander angsterfüllt an.

Die schwarze Grete, dachte ich voll Schrecken, kehrt stets kurz vor Weihnachten in das Haus ihrer Pein zurück.

Und nun war genau diese düstere Zeit angebrochen, in der die Seelen auf Wanderschaft gingen.

Noch einmal warf ich einen entsetzten Blick zu Therese, dann ließ ich mich auf die Matratze fallen und zog die Decke über meinen Kopf. Wenn dieser Geist tatsächlich sein Unwesen innerhalb dieser Mauern trieb, würde keiner vor ihm sicher sein. Ich wälzte mich unruhig von einer Seite auf die andere, meine Ohren gespitzt, um jeden Laut aufzunehmen. Doch das einzige Geräusch, das in dieser Nacht die Stille durchbrach, waren seine Schritte, die zurückkehrten, sich mir näherten, um sich wieder zu entfernen und einen weiteren Stock hinabzusteigen. In dieser Nacht lag ich lange wach.

Die Stumme Lise kniete am darauf folgenden Morgen nicht wie üblich auf dem Steinboden – einen Eimer Seifenlauge neben sich, einen Schrubber in der schwieligen Hand – und bearbeitete dessen Oberfläche mit konzentrierter Inbrunst. Stattdessen glänzte der Belag matt, etwas Straßenstaub lag verstreut. Seit ich in diesem Haus in Stellung war, konnte ich mich nicht an einen einzigen Tag erinnern, an dem der Boden nicht gesäubert worden war.

Die Herrschaft, die über eine beträchtliche Anzahl an Dienstboten verfügte – darunter auch mich – blickte dem nahen Jahrhundertwechsel mit Gelassenheit entgegen. Der Wohlstand war gesichert, man erwartete beträchtliche Gewinne im nächsten Geschäftsjahr. Das Ende des 19. Jahrhunderts war eine sorgenfreie Zeit für die oberen Schichten der Gesellschaft, von der ein verschmutzter Boden schlimmer als eine persönliche Beleidigung angesehen wurde, als tragischer Gipfel des Ärgernisses, als eine Bekundung des Neides auf Reichtum und Unbekümmertheit von seiten des Personals. Lange Tiraden folgten stets einem Versäumnis dieser Art, meisterhaft vorgetragen von der Hausherrin, der wir nicht einmal das Gesicht zuwenden durften, sondern stumpf die Wand anstarren mussten, während sie uns rügte – bis aufs Äußerste erzürnt.

Bis jetzt jedoch war es ruhig. Vielleicht hatte die gnädige Dame die Nachlässigkeit der Untergebenen auch noch nicht festgestellt – sicherlich lag sie noch in tiefem Schlaf.

Aus der Küche drang schon das Klappern der Kochtöpfe, vermischt mit dem leisen Wischgeräusch, das beim Schwärzen des Ofens entstand. Ein leises Quietschen stahl sich unter der Tür durch, als die Hitze mit einem Schieber zurückgeregelt wurde, damit das herrschaftliche Mahl nicht verbrannte. Obwohl mir dieses Morgenlied vertraut war und mir eine gewisse Sicherheit schenkte, schien es mir, als klänge es anders als die Tage zuvor, als die Wochen zuvor, als das letzte Jahr. Irgendetwas war anders. Seit der letzten Nacht. Seit dem Kreischen zu später Stunde.

Auch ich hatte mich verändert. War ich zuvor stets achtlos durch die zahlreichen Schattenpfützen der Dämmerung geeilt, hatte ich sie heute gemieden und unsicher versucht, Gegenstände von der Dunkelheit zu trennen, eine mögliche Bewegung auszumachen, um vor der Schwarzen Grete rechtzeitig ausweichen und fliehen zu können.

Nun war ich geradezu erleichtert, die Küchentür aufstoßen und in das warme Licht eintauchen zu können, den düsteren Gängen, den dunklen Winkeln, dem unheimlichen Knarren der Holzwände, dem rhythmischen Schlagen der Äste gegen die Außenmauer, aufgepeitscht vom heulenden Winterwind, zu entkommen. Und vielleicht auch einem Geist, der sich nun für an ihm begangenen Grausamkeiten rächen wollte.

Zu meiner Überraschung entdeckte ich die Stumme Lise in einer Ecke, die gerade damit beschäftigt war, eine Seifenlauge anzurühren, mit der sie sämtlichem Schmutz den Garaus machen würde. Sie war mit ihrer Arbeit eindeutig in Verzug und doch rührte sie in ihrem Eimer mit einer Ruhe, die mich erstaunte. Stierte mit dumpfem Blick in die dicke Flüssigkeit, ohne den Kopf bei meinem Eintreten zu heben. Sie war dumm. Das wusste jeder in diesem Haus, deswegen sprach auch niemand mit ihr. Sollte es doch einmal einer versuchen, musste er bald einsehen, dass es verlorene Liebesmühe war. Er bekam ja doch keine Antwort.

Die Köchin hatte mir erzählt – und die hatte es wiederum von der Hauswirtschafterin –, dass der Herr der stummen Frau keinen Lohn zahlte, ihr jedoch für ihre Arbeit Kost und Logis gewährte. Ich bin davon überzeugt, dass sie nirgendwo sonst eine Stellung gefunden hätte und froh war, ein Dach über dem Kopf zu haben und Essen zu bekommen. Eigentlich hatte ich mir über sie bisher keine Gedanken gemacht, doch an diesem Tag benahm sie sich derart anders als jemals zuvor – obwohl sie es auch wiederum nicht tat und ihrer Arbeit nachging wie sonst auch, nur eben verspätet –, sodass sie meinen Geist beschäftigte. Gerade griff sie nach einem Putzlappen und tauchte ihn in die heiße Brühe. Dabei zog sie die Augen zu engen Schlitzen zusammen, woraufhin ich zu dem Schluss kam, dass sie entweder unter einer Sehschwäche litt oder aber von Grund auf böse war und nur von ihrer Stummheit daran gehindert wurde, Flüche und Gekeife auszustoßen. Sie war wirklich eine abstoßende Person, mit den schmalen aufeinander gepressten Lippen, den tiefen Falten um ihren Mund, der etwas krummen Nase, dem glanzlosen Haar, von dem sich vereinzelte Strähnen unter der Haube hervor gestohlen hatten und kraftlos hinunterhingen und vor allem diesen gichtigen, geröteten Klauen, mit denen sie nun nach dem Einer griff. Es ging in der Tat etwas Unheimliches von ihr aus und ich drehte mich zur Köchin im gleichen Moment, als die Stumme Lise den Raum verließ.

„Sie wird immer fauler", beschwerte sich die Köchin.

Ich nickte und holte den Servierwagen aus einer Ecke.

„Heute ist alles anders", sagte ich, langte nach dem Besteck, begann es zu polieren und dann auf den Wagen zu legen. „Hast du das letzte Nacht auch gehört?"

Schnell blickte sich die Köchin um, dann winkte sie mich näher. Als ich neben ihr stand, raunte sie mir leise zu: „Ich sage dir eins: So wie gestern war das noch nie! Du bist ja erst seit einem knappen Jahr hier und weißt das nicht. Aber so war das noch nie. Früher hat es richtig geheult."

„Du meinst die Schwarze Gr…"

„Psst!"

Wieder sah sie sich um, doch bis auf das den Ofen schwärzende Dienstmädchen waren wir allein.

„Wen werde ich sonst meinen?"

„Was meinst du mit geheult? Geweint?"

„Nein. Wie ein Solches, was sie halt ist, macht. Du weißt schon."

„Huhu?", machte ich fragend.

„Du bist eine dumme Gans", tadelte die Köchin. „Aber so wie gestern war das noch nie!"

„Ja, das war wirklich schauerlich", meinte ich und fühlte, wie sich meine Härchen auf den Unterarmen, allein bei dem Gedanken an den Laut, erneut aufstellten.

Verstohlen rubbelte ich kurz meine Arme, dann machte ich mich schleunigst an die Arbeit. Es sollte an diesem Tag nicht noch mehr von der Norm abweichen, sich nicht noch mehr verändern, als es das bereits seit letzter Nacht getan hatte. Leise und unterschwellig war das Unheil mit dem Nebel durch die Ritzen gedrungen, hatte die Vorhänge gebläht und unsere Seelen erschauern lassen. Es sollte wieder gehen!

Doch es blieb.

Im Speisezimmer stand an einer Wand eine Kredenz mit einem Aufbau, der wiederum Glastüren hatte. In ihnen spiegelte sich die Herrschaft, wenn sie zu speisen pflegte und ich mit dem Rücken zu ihr an der Wand stand und vor mich hinstarrte. Dass ich dies tat, dachten sie zumindest, doch ich nutzte die Scheiben als Spiegel und beobachtete sie. Nur wenn ich etwas servieren oder nachschenken sollte, durfte ich mich umdrehen, um den Wünschen der Durchlauchten nachzukommen. An diesem Tag konnte ich die dunklen Ringe unter den Augen der Hausherrin deutlich erkennen, obwohl ich ihr kein einziges Mal ins Gesicht geschaut hatte. Ihre Hand zitterte ein wenig, als sie Butter auf ihr Brot strich.

Er hingegen saß ruhig, las konzentriert die Zeitung, die raschelte, wenn er umblätterte. Die Kinder aßen ebenfalls schweigend, herausgeputzt für den Tag zu Hause. Bald würde der Privatlehrer eintreffen, um sie in Bereiche der Wissenschaften und Haushaltsführung – je nach Geschlecht – einzuführen. Am Nachmittag würde Sophia auf dem Piano Beethoven spielen – seit einem halben Jahr probierte sie sich mehr schlecht als recht an der *Sonata quasi una Fantasia, Nr. 14 op 27,* auch *Mondscheinsonate* genannt (die eines der Lieblingswerke des Musiklehrers war, was er mehrmals täglich wiederholte, sodass sogar ich mir den Namen merken konnte: „Meines Erachtens Beethovens beste Komposition, sanfter kann er nicht sein. Nicht klarer und zur selben Zeit nicht geheimnisvoller. Sonata quasi una Fantasia. Ein Meisterwerk!") und ich bin überzeugt, der Komponist wäre nicht sehr erfreut über ihre Interpretation gewesen. Genauso der Musiklehrer, der seine Schülerin stets ermahnte, mehr zu üben, denn es gehörte zu den Pflichten einer Frau, Gäste und den zukünftigen Gatten mit Klavierstücken zu erfreuen. Und die Zutaten für einen Ohrenschmaus hatte sie, meines Erachtens nach, weder komplett zusammengestellt, noch in der richtigen Menge dosiert.

Bis auf das *Adagio sostenuto*, den *ersten Satz*. Während *Allegretto* und *Presto agitato* („Die Fingerfertigkeit, Fräulein Steger! Presto! Sie müssen es fühlen! Schneller als das Allegretto! Die Finger müssen gleiten, geradezu über die Tasten schweben! Und vergessen Sie dabei die Haltung nicht! Den Winkel Ihrer Unterarme! Ja, das hilft, so haben die Finger mehr Spielraum für das *Presto agitato*! Welch wunderbarer Klang: Presto! Agitato!") von ihren Händen mehr an eine Kutschenfahrt über Schlaglöcher erinnerte – versehen mit Pausen für etwaige Reparaturen der Räder –, konnte sie dem Adagio sostenuto („Viel besser, das klingt ... bezaubernd ... lässt mein Herz vor Entzückung schmelzen! Ein Adagio, wie es nicht schöner sein kann!") eine Lieblichkeit abgewinnen, sodass vor meinem geistigen Auge das Bild des Mondes entstand, der mit seinen silbrigen Strahlen sanft das sich kräuselnde Wasser eines Sees streichelte.

Ich war derart von meinen Grübeleien gefesselt, dass ich erschrocken zusammenzuckte, als die Hausherrin, Frau Steger, die Gabel auf den Teller fallen ließ, sodass es klirrte. Sofort lenkte ich meine Aufmerksamkeit zu dem durchsichtigen Spiegelbild schräg neben mir. Der Hausherr ließ langsam die Zeitung sinken, die Kinder warfen einander einen schnellen Blick zu.

„Fühlst du dich nicht wohl, meine Liebe?"

Ihre Lippen bildeten einen dünnen Strich, ich sah, dass sie ihre rechte Hand zur Faust ballte und mit welcher Mühe sie die Finger wieder auseinander zwang. Neugierig beobachtete ich, wie sie einen inneren Kampf ausfocht, ihre Gesichtszüge zuckten.

„Ich kann nicht ...", murmelte sie schließlich.

„Was kannst du nicht?" Obwohl er die Frage höflich gestellt hatte, schwang eine Drohung deutlich mit. Langsam faltete er die Zeitung.

Sie tastete nach der Gabel und umklammerte diese, als wollte sie ein Schwein abstechen, und ich hätte fast aufgelacht. Ich gebe zu, ich mochte sie nicht.

„Du weißt, dass … dass … wenn das jede Nacht …“

Sein Stuhl schlug mit einem lauten Krachen auf dem Boden auf, als er sich mit einem verärgerten Ruck erhob und sie fixierte. Obwohl ich seine Augen nicht sehen konnte, war es mir ein Leichtes mir vorzustellen, wie er seine Frau betrachtete. Voll Zorn funkelten sie wohl, denn Frau Steger schrumpfte unter dieser Musterung zu einem Schulmädchen zusammen, zu einem Kind, das Prügel von seinem Vater erwartete.

„Ich meine diese … Kopfschmerzen …“, stammelte sie und fuhr sich mit zittrigen Händen an die Stirn.

„Dann schicke ein Mädchen nach einem Aspirin zur Apotheke. Du hast doch gehört, wie gut es wirkt!“ Seine Stimme war kalt.

„Ja“, krächzte sie und räusperte sich, „das sollte ich machen.“

Abrupt wandte er sich um und verließ ohne ein weiteres Wort den Raum.

Ganz oben in der Villa gab es ein Turmzimmer, das im Winter niemals benutzt wurde, denn es war schwer zu heizen. Trotzdem stieg ich einmal die Woche hinauf, um es zu fegen und die Schutzhüllen, die über die Polstermöbel gebreitet waren, auszuschütteln. An diesem Tag war es wieder so weit und ich erklomm langsam die Stufen in den obersten Stock, einen Besen in der einen, einen Eimer in der anderen Hand. Als ich die Tür öffnen wollte, die unmittelbar vor den Stufen in das Turmzimmer ihren Platz hatte, war es mir unmöglich. Zuerst dachte ich, es hätte sich nur das Holz verzogen und rüttelte am Knauf, ich trat sogar mit dem Fuß nach dem Hindernis. Nichts. Es bewegte sich nicht einen Millimeter.

„Was machst du hier?“

Seine Stimme zerriss die plötzliche Stille, die eingetreten war, nachdem ich meine Bemühungen abgebrochen hatte und darüber nachdachte, wie es weitergehen sollte. Ich fuhr herum. Sofort hüllte mich der Tabak seiner Pfeife ein, die er in einer Hand hielt, während er mich abwartend musterte, sie dann langsam hob, zu seinem Mund führte, daran sog. Ich musste niesen, dann machte ich einen schnellen Knicks.

„Ich wollte im Turmzimmer sauber machen, wie jede Woche.“

Er ließ den Rauch aus seinen Lungen strömen.

„Dieser Raum ist von nun an für das gesamte Personal gesperrt. Keiner von euch hat hier noch etwas zu suchen. Sag dies weiter!“

Ich nickte und knickste erneut, dann floh ich vor dem meine Nase reizenden Duft die Treppe hinunter und nieste wieder. Zu diesem Zeitpunkt wusste ich noch nicht, was mich das nächste Mal erwarten würde, wenn ich vor der verschlossenen Tür stand. Ich war sogar davon überzeugt, erst in einigen Wochen wieder an diesen Ort zu kommen. Doch ich hatte mich geirrt. Das Unheil ergoss sich unter dieser Tür hindurch über das Haus und seine Bewohner.

Tief und dunkel schwangen die ersten Akkorde der *Sonata quasi una Fantasia* ins Zimmer, in dem ich gerade mit einem Staubwedel über die Porzellanteller an der Wand wischte. Sie drehten sich langsam in der Mitte des Raumes, streiften über den Teppich, in eine Klangumarmung verschlungen, versunken ineinander – in die Melodie der Unendlichkeit eines zum Leben erweckten Notensatzes. Der Tanz der erwachenden Harmonie ließ mich innehalten, mein Arbeitsutensil senken. *Adagio sostenuto*. Wieder Schneeflocken vor den Fenstern, ihr Ballett, gefangen von der Musik aus des Komponisten Herzen. Nur für wenige Minuten schien die ganze Welt diesem Tongebilde unterworfen, vergaß zu atmen, vergaß sich zu drehen – das Wirbeln der Töne unser einziger Atem. Alles Sein erwachte zwischen Notenblättern zum Leben. Durch ihre Finger, die über die Tasten glitten.

Da machte sie einen Fehler.

Ich hob den Staubwedel erneut, setzte meine Arbeit fort. Neben mir auf dem Boden lagen Tannenzweige. Mit ihnen sollte ich den Salon weihnachtlich dekorieren. Der schwere Duft von Tannennadeln erfüllte den Raum und mischte sich mit dem erneut begonnenen Musikstück aus dem Nebenzimmer.

Gerade als mich die träumerische Versunkenheit wieder befallen wollte, geschah es. Zu der lieblichen Melodie des ersten Satzes gesellte sich ein Misston, so schauerlich, so weltfremd, so anders, nur dem Kreischen der vergangenen Nacht ähnlich. Inbrünstiger, als wäre er aus ihm erwachsen, hätte sich mit dem leidenden Nichts vollgesogen, um dieser gequälte Aufschrei eines Geistes zu werden. Das Klavier verstummte, das Kreischen blieb.

Alle Furcht dieser Welt schien von mir angesogen zu werden, um sich in mir zu einem dunklen Klumpen zusammenzuballen und dann in die anderen Regionen meines Körpers auszustrahlen, sodass mich die Luft in die Seiten stach, wenn ich sie zitternd in meine Lungen sog, das sonst nie wahrgenommene Pulsieren meines Blutstroms mit einem heftigen Pochen meinen Schädel zu sprengen versuchte, die Spannkraft meines Körpers ermattete und panisch um den letzten Rest einer Haltung kämpfte. All das, während sich eine unheimliche Stille über das Haus senkte, die den einzig gebliebenen Ton tausendfach verstärkte und schauerlicher durch die Gänge hallen ließ, als es rege Geschäftigkeit zugelassen hätte.

Dann wurde eine Tür geöffnet, wieder seine Schritte, die langsam die Stufen erklommen, als hätte er alle Zeit der Welt. Das Kreischen, das zu einem Winseln abfiel, einem tierischen Jaulen, dann verebbte, abbrach und eine Leere zurückließ, die einem das Herz schmerzen ließ, mehr noch, als es der Schrei vermocht hatte.

Niemand sprach über die Schwarze Grete. Trotzdem wusste jeder, wer sie war, kannte jeder die tragische Geschichte ihres Lebens und Sterbens und welche Tragödie ihr die dunkle Namensergänzung beschert hatte, die sich Zeit ihres Lebens niemals mehr abwaschen ließ und sie zu einem Dasein zwischen den Schatten der Nacht verurteilte und dort gefangen hielt. Jeder Bewohner dieses Hauses wusste, dass sich markerschütternde Misstöne immer wieder in den Sonnenschein des heilen Lebens verirrten und kurz daran erinnerten, dass es sie noch gab. Bis sie dann schließlich seltener wurden und nach ihrem Tod angeblich jeden Winter wiederkehrten, zu der Zeit, in der die christliche Welt die Geburt des Erlösers Jesus feierte. Kehrte auch sie stets zurück aus ihrem Totenreich, um endlich Erlösung zu erfahren?

Die nächsten Tage vergingen in erwartungsvoller Stille, doch das Kreischen blieb aus.

An einem Abend klopfte es an die Tür. Silbriges Mondlicht benetzte meine Füße, als ich die Tür einen Spalt öffnete, färbte den Mann mir gegenüber dunkelbau, dessen Silhouette sich scharf von dem glitzernden, die Sterne reflektierenden Leintuch der Winterlandschaft abzeichnete. Seinen Hut hatte er tief in die Stirn gezogen, den Mantelkragen aufgestellt, sodass das Funkeln seiner Augen als einziges an den menschlichen Kern erinnerte. Ich ertastete den Lichtschalter neben dem Türrahmen und wenige Sekunden später ergoss sich ein heller Schein über das Entree und mich, floss weiter zu meinem Gegenüber, das sich nun noch mehr von der Welt jenseits dieses Gemäuers abgrenzte, aber trotzdem nicht weniger geheimnisvoll wirkte. Als hätte er meine Gedanken erraten, hob er eine Hand und schlug den Kragen zurück, sodass ich nun auch die untere Hälfte seines Gesichts erkennen konnte und lüpfte mit einer schnellen Bewegung den Hut.

„Sie wünschen?", fragte ich endlich und zog die Tür ein wenig weiter auf.

„Mein Name ist Martin Taubert, ich bin Bruder des Ordens der Societas Jesu und muss dringend mit deinem Herrn sprechen."

Unwillkürlich schlug ich ein schnelles Kreuz – eine Geste, die ich mir von der katholischen Therese abgeschaut hatte. Soweit mir bekannt war, gab es ein

Gesetz, das dem Jesuitenorden jede Betätigung in der Öffentlichkeit und hinter Klostermauern untersagte.

„Es ist reichlich spät", sagte ich schnell, „und die Herrschaft möchte zu dieser fortgeschrittenen Stunde nicht mehr gestört werden."

Langsam wollte ich die Tür wieder schließen, doch er hob eine Hand und stemmte sie dagegen. Ich bemerkte, dass er auch einen Fuß ins Innere geschoben hatte und somit verhindern konnte, dass ich sie ihm vor der Nase zuknallte.

„Dein Herr wird einen Diener des Herrn nicht abweisen", versuchte er mich zu überzeugen. „Sag ihm, dass ich den weiten Weg von Feldkirch aus Vorarlberg – einem Gebiet der österreichischen Monarchie – gekommen bin, um mit ihm zu sprechen!"

Seine Worte, die gleichzeitig mit weißem Nebel aus seinem Mund stiegen, lösten sich in der Wärme des Flurs auf.

„Warten Sie kurz, ich werde Sie der Herrschaft melden."

Nun trat er brav zurück und ich schloss die Tür.

„Ein Jesuit?", fragte Herr Steger. „Was soll ich mit einem Jesuiten? Wie du weißt, untersteht dieses Haus den Lehren der evangelischen Kirche!"

„Ja, Herr", stimmte ich zu, „doch er sagt, er wäre den weiten Weg von Feldkirch bis hierher gekommen, nur um mit Ihnen zu sprechen! Es ist dunkel und ich nehme an, er hat keine Unterkunft für die Nacht."

Mein Herr trat ans Fenster und versuchte ins Freie zu sehen, doch sein Spiegelbild starrte ihm stur entgegen.

„Dann führe ihn in den Salon", gab er nach einer Weile nach, „und sag einer zuständigen Magd, dass sie eines der Gästezimmer richte."

Ich knickste und kehrte zur Eingangstür zurück.

Martin Taubert hatte in der Zwischenzeit den Kragen wieder aufgestellt und stampfte mit den Füßen auf den Boden, um die eisige Kälte abzuschütteln.

Als ich ihn hereingebeten und ihm Mantel und Hut abgenommen hatte, lächelte er mir zu. Nachdem ich seine Kleidung an die Garderobe gehängt hatte, führte ich ihn zum Salon und erkundigte mich danach, ob er etwas zu trinken wünsche.

„Etwas Heißes käme einem Geschenk des Himmels gleich", meinte er und setzte sich auf einen schweren Polstersessel.

Ich wollte mich gerade abwenden und den Raum verlassen, als die ersten Akkorde des Adagio Sostenutos angeschlagen wurden und zögerlich durch das Haus hallten, als hätten sie Angst vor dem Wesen, das sie womöglich wecken könnten und sie daran erinnerte, dass die Ruhe der letzten Tage nur die Stille vor dem Sturm war, nur das sich Sammeln aller Kräfte für den schwersten Schlag, das dumpfe Grollen des Vulkans vor der gewaltigen Explosion, der endgültigen Zerstörung. Augenblicklich blieb ich stehen und lauschte.

„Beethovens Mondscheinsonate", flüsterte er und als ich einen Blick über die Schulter warf, bemerkte ich, dass er sich langsam von der Welt in sein Innerstes zurückzog, sich von diesem Raum löste, von der Stunde der Nacht und der Fremde, in die er aufgebrochen war. Nervös wandte ich mich wieder ab. Was hatte diese Komposition an sich, dass sie den Menschen veränderte und die Geister der Vergangenheit heraufbeschwor? Ich wusste, dass ich den Salon verlassen musste, um ihm die wärmende Stärkung bringen zu können, doch es war mir unmöglich. Angst lähmte meine Glieder mit jedem weiteren Takt, der die Luft zum Schwingen brachte.

Die Musik verstummte. Doch ich wartete noch immer. Ich wartete darauf, dass dieser kreischende Laut die nun eingetretene Stille durchriss und die Angst stärker entfesselte als jemals zuvor. Doch es blieb ruhig. Endlich fasste ich mir ein Herz und eilte in die Küche. Bei jedem Schritt hatte ich den Eindruck, dass das Haus mit mir wartete, mit mir den Atem anhielt und die Sekunden stoppte. Aber nichts durchbrach die friedliche Andacht der Adventszeit.

Bis zu diesem Augenblick hatte ich mir nicht vorstellen können, dass dieses Warten auf das Unheil mehr quälte als der Zeitpunkt, zu dem es eintraf. Dass jedes Scheppern ein Zusammenzucken des Körpers nach sich zog, jedes Flüstern einen vorsichtigen Blick, jede Bewegung das untrügliche Gefühl beobachtet zu werden, als stünde eine Person direkt hinter einem, den Arm bereits erhoben, um den Nacken zu umfassen, ein Luftzug, der kalt die Wange streifte und einen frösteln ließ in der Gewissheit, den Hauch eines Toten geatmet zu haben. Die Seele der Verzweifelten war um uns, mehr noch, als wenn sie schrie.

Ich stellte die Tasse vor den Pater auf den kleinen Tisch, als es einsetzte. Höher als zuvor. Schriller als zuvor und noch viel unheimlicher. Ich zuckte derart erschrocken zusammen, dass die Tasse zu Boden fiel – zum Glück auf den Teppich, sodass sie nicht zerbrach. Das Tablett mit der Kanne wackelte nur ein wenig. Die Miene des Geistlichen veränderte sich, unsanft wurde er aus den Eindrücken seiner Erinnerungen gerissen, deren Nachklang er noch bis zu diesem Zeitpunkt nachgespürt zu haben schien.

„Was ist das?", fragte er leise und ich arbeitete hart daran, mich aus meiner Erstarrung zu befreien.

„Die schwarze Grete", flüsterte ich tonlos. „Ein Geist, der jedes Jahr zur Weihnachtszeit in dieses Haus zurückkehrt und sein Unwesen treibt. Man sagt, er hätte schon mehrere Menschen auf dem Gewissen."

Schnell bückte ich mich nach der Tasse, stellte sie auf den Tisch und presste schließlich die Hände auf die Ohren. Hier, vom Salon aus, konnte ich die Schritte meines Herren nicht hören, doch ich war überzeugt davon, dass sie sich zielgerichtet ins oberste Stockwerk begaben.

„Tatsächlich?", wunderte sich der Jesuit und erhob sich.

Ich ließ die Hände wieder sinken, um ihn besser verstehen zu können.

„Und weshalb kehrt dieses Gespenst alle Jahre wieder an diesen Ort zurück?"

Verstohlen blickte ich mich um, trat näher an ihn heran.

„Wir reden eigentlich nicht darüber", murmelte ich. „Man sagt, sie hätte kurz nach der Geburt all ihre Kinder getötet. Insgesamt sieben an der Zahl. Obwohl sie es stets verzweifelt abgestritten hatte, sperrte man sie in das Turmzimmer, aus dem sie, so sagt die Geschichte, niemals mehr einen Fuß gesetzt hat. Jetzt ist sie wieder dort und kreischt ihr Unglück in die Welt. Sie hört erst auf, wenn der Herr zu ihr hinaufsteigt."

„Habe ich richtig verstanden und der Geist hört auf Herrn Steger?"

„Es sieht so aus. Nur er kann ihn zum Schweigen bringen. Vielleicht besitzt er eine mystische Kraft, die das Gespenst ängstigt. Das wissen Sie sicherlich besser."

Wie auf ein Zeichen hin, verstummte der Schrei.

„Wieso rechnest du mir auf diesem Gebiet eine derartige Bildung an?", fragte er nach einer Weile in die nun eingetretene Stille.

„Ist nicht jeder Geistlicher auch ein Exorzist?"

Nun lachte er leise und schüttelte den Kopf. Wie es aussah, schien er sich nicht im Geringsten zu fürchten.

„Nicht zwangsläufig. In meinem Orden widmet man sich Predigt, Beichte und Seelsorge, der Bildung und vor allem Exerzitien unterschiedlicher Natur …"

Er wurde von der sich öffnenden Tür unterbrochen. Ich erkannte Steger, knickste, schenkte dem Pater heißen Kaffee in eine Tasse und zog mich in den Hintergrund zurück.

„Was kann ich für Sie tun?", wollte mein Herr ohne einleitende Worte wissen und machte mir ein Zeichen. Sofort verließ ich den Raum, schloss die Tür und entfernte mich von dem Ort, der von mir in diesem Augenblick als Zentrum meiner Neugierde auserkoren worden war, da in ihm wohl ein Gespräch stattfand, das sicherlich interessant war. Und während ich die Stufen zu meinem Zimmer emporstieg, erinnerte ich mich an die verschlossene Tür im obersten Stock. Dieses Mal würde Herr Steger mich nicht stören, wenn ich versuchte, ins Innere zu gelangen! Mein Herz schlug mir bis zum Hals, als ich den Entschluss fasste, noch einen Stock höher zu steigen.

Ganz oben war es totenstill, als ich vorsichtig einen Fuß vor den anderen setzte und mich der verbotenen Tür näherte. Ein kalter Luftzug strich über meinen Handrücken und ließ mich erschauern. Eisiges Mondlicht zeichnete auf dem Boden ein unheimliches Bild, deren Linien den Bleiruten eines großen Bleiglasfensters entliehen waren und nun ein verzerrtes Muster bildeten. Kurz war auch ich Teil dieser Nachtmalerei, als ich notgedrungen meinen Fuß in das Musterspiel setzte. Mein Leib folgte, wobei die Linien einen Teil meines Körpers verschlangen, während seine Schattenseite die Zeichnung dunkel unterbrach. Diese wenigen Sekunden des Passierens lang fühlte ich mich den Schatten meiner Umwelt ausgeliefert, als beschiene mich Mittagssonne an einem wolkenlosen Tag. Alles, was sich in der Finsternis verbarg, konnte mich sehen, während ich blind weiter tappte und erleichtert ausatmete, als ich mich wieder im Schwarz der Nacht aufgelöst hatte. Der Rhythmus meines pochenden Herzens ließ meinen Kopf dröhnen und verschluckte mögliche andere Geräusche, die mich hätten warnen können, sollte sich mir Gefahr nähern.

Reglos verharrte ich einige Minuten und wartete bis das Hämmern nachgelassen hatte und nur noch mein zitternder Atem die geisterhafte Stille zum Leben erweckte. Dann fasste ich all meinen Mut zusammen, legte neugierig mein Ohr an die verschlossene Tür und lauschte. Nichts. Kein Laut drang aus dem Inneren heraus.

Gerade wollte ich mich an dem Schloss zu schaffen machen, als mein Blick zufällig auf einen dunklen Fleck zu meinen Füßen fiel, der sich langsam vergrößerte und den Staub aufzufressen schien. Nun begann ich zu zittern und schalt mich meines Leichtsinnes, der mich hier herauf geführt hatte, doch ich bückte mich, um im fahlen Mondlicht besser erkennen zu können, worum es sich handelte. Unter keinen Umständen wagte ich das Licht einzuschalten, das mich verraten hätte. In diesem Moment heulte der Wind vor dem Haus auf und schlug dünne Zweige kratzend gegen das Fensterglas. Eine Diele knarrte und wieder schüttelten Schauer meinen Körper und Geist. Es war eine Nacht, geschaffen für unschuldig Hingerichtete. Geschaffen für Rache und Leid. Geschaffen für den Tod. Nachdem ich ein paar Mal geschluckt hatte, konzentrierte ich mich mit eiserner Selbstbeherrschung wieder auf das Ereignis vor mir und beobachtete das Anwachsen dieser Lacke, die sich unter dem Türschlitz hindurchschlängelte und langsam auf mich zulief. Der Konsistenz nach zu urteilen, handelte es sich um eine dunkle, ölige Flüssigkeit, die plötzlich stockte und zu trocknen begann. Es gab nur einen Weg herauszufinden, worum es sich handelte und mir graute ein wenig davor, doch zum zweiten Mal an diesem Abend siegte meine Neugier über meine Angst. Ich tauchte zwei Finger in die lauwarme Nässe, richtete mich auf, würdigte aus Angst die Dunkelheit keines Blickes mehr und huschte auf Zehenspitzen in mein Zimmer.

Therese flocht sich gerade die Haare zu Zöpfen für die Nacht und ich verbarg meine Hand in den Rockfalten meines Kleides, als ich eintrat. Unauffällig drückte ich mich in eine Ecke, den Rücken meiner Zimmergenossin zugewandt und nahm die Hand aus ihrem Versteck. Als das Licht auf die beschmutzten Fingerkuppen fiel und das Rätsel seiner Herkunft löste, packte mich, gleichzeitig mit der Erkenntnis, Hysterie. Entsetzt schrie ich auf, taumelte zurück und versuchte die ehemalige Flüssigkeit wie wild an meinem Rock abzuwischen, an meinem Bett, an der Wand, doch sie war bereits getrocknet und ließ sich nicht so leicht lösen. Plötzlich packte mich eine Hand und ich erkannte Thereses besorgtes Gesicht zwischen den Fetzen meines Entsetzens.

„Das ist höchstens ein kleiner Kratzer, der ein wenig blutet", versuchte sie mich zu beruhigen. „Du wirst daran nicht sterben, also reiß dich zusammen!"

Wieder starrte ich wie wahnsinnig auf meine Finger, während sie mich zur Waschschüssel zog. Ich beobachtete, wie sie Wasser aus einer Kanne über meine Hand goss, sich das Blut verdünnte und schließlich ganz abgewaschen wurde.

„Ich verstehe überhaupt nicht, weshalb du dich wegen einer solchen Lappalie so aufregst!", kam es verständnislos von Therese, die auf meinen Fingern nach einer Wunde suchte. „Ich kann nicht die kleinste Verletzung entdecken!"

Langsam hob ich den Blick zu ihr an und der tiefe Schock in meinen Zügen ließ sie die Stirn runzeln.

„Es ist ja auch nicht mein Blut", krächzte ich mühsam. „Es rann unter der verschlossenen Tür des Turmzimmers hindurch."

Nun kreischte Therese und ich musste ihr den Mund zuhalten, damit nicht innerhalb weniger Minuten das gesamte Personal bei uns versammelt war.

„Psst, sei still!", zischte ich und merkte, wie meine Lebensgeister zurückkehrten. „Irgendetwas ist an der ganzen Sache faul! Wir müssen herausfinden was. Aber von einem blutenden Geist habe ich mein ganzes Leben lang noch nicht gehört!"

Gerade, als ich fühlte, wie mir ein Stein vom Herzen fiel, ängstigte mich Therese mit ihrer Antwort mehr als jemals zuvor.

Sie sagte mit bleichen Lippen: „Außer dieser Geist hat einen weiteren Menschen auf seinem Gewissen."

Es war mir unmöglich in dieser Nacht zu schlafen. Unruhig wälzte ich mich von einer Seite auf die andere, während sich die Gedanken in meinem Kopf jagten. Immer wieder hörte ich dieses Kreischen, seine Schritte, roch den Tabak seiner Pfeife. Dann sah ich Sophias Finger über die Tasten des Flügels gleiten, die immer wieder das Adagio sostenuto spielten, wiederholten und wiederholten in einem immer fiebrigeren Rhythmus, der schneller und schneller wurde und die Intensität der Töne anschwellen ließ, bis sich alles zu drehen begann und sich mit dem plötzlich einsetzenden Schrei vermischte.

Und inmitten dieses Tumultes, der mich nicht zur Ruhe kommen ließ, schälte sich das Antlitz des Jesuiten, der träumerisch den Namen der Komposition murmelte, als würde nichts anderes zählen, als gäbe es diesen Schrei und das Echo der Stimme Frau Stegers nicht, die vom Hintergrund abprallte, zurückgeworfen wurde und wie ein Geist durch die Luft irrte: „Ich kann nicht ... Du weißt, dass ... dass ... wenn das jede Nacht ... ich kann nicht ... du weißt, dass ... dass ... wenn das jede Nacht ... ich kann nicht ... du weißt, dass ... dass ... wenn das jede Nacht ... ich kann nicht ... du weißt ..."

Ich fuhr auf, als ich trotz des inneren Tumults Schritte hörte, die vor meinem Zimmer den Gang entlang schlichen. Obwohl es noch dunkel war, wusste ich, dass nicht mehr viel Zeit vergehen würde, bis das Haus zum Leben erwachte, bis die Dienstboten aus ihren Betten krochen, um der Herrschaft ein angenehmes Erwachen zu bescheren. Die Stunde kam jeden Morgen viel zu früh, deswegen wunderte ich mich darüber, dass jemand freiwillig noch früher aufstand. Oder diese Person hatte etwas zu verbergen? Unbehaglich fröstelte ich bei dem Gedanken an die Geheimnisse, die dieses Haus wohl hütete. Wie es schien, konnte die Vergangenheit bei weitem drückender sein als die Ungewissheit der Zukunft. Im Besonderen, wenn eine Rechnung noch nicht beglichen, ein Opfer noch nicht gesühnt, ein Mord noch nicht gerächt war.

Leise, um Therese nicht zu wecken, glitt ich aus dem Bett und zog mich um. Etwas in mir hatte beschlossen, der Sache auf den Grund zu gehen, meiner Ansicht nach hatte ich mich ohnehin schon viel zu sehr in die Geschehnisse dieses Hauses verstrickt. Nun konnte ich unter keinen Umständen mehr gegen die Macht meiner Neugierde ankämpfen!

Ich öffnete die Tür einen Spalt und spähte hinaus. Alles lag ruhig, auch hier spendete einzig der untergehende Mond trostloses Licht. Leise zog ich die Tür hinter mir zu und verharrte lauschend im Gang. Nichts rührte sich.

Wohin sollte ich meinen Schritt nun als erstes lenken? Es war, als würde mich das Schicksal rufen, und ich folgte seinem Befehl, starr wie eine Marionette, ebenso ohne Vernunft und mit schlotternden Knien. Es überraschte mich keineswegs, dass mein Weg nach oben führte, dem Turmzimmer immer näher. Immer näher. Immer näher.

Der letzte Treppenabsatz war fast erreicht, als mich ein Geräusch aus meinen Gedanken riss. Abrupt blieb ich stehen und lauschte. Leises Wischen drang an meine Ohren, regelmäßig, ohne Eile, als hätte es alle Zeit der Welt, zu machen, was es gerade tat. Aber was konnte das sein? War es ein Geist, der in Gedanken auf und ab ging, wobei die Zipfel seines weißen Hemdes den Boden streiften? Wenn das der Fall war, sollte ich mich schleunigst von diesem Ort entfernen. Wenn aber nicht? Aber was konnte es sein?

So leise als möglich, tastete ich mich die restlichen Stufen hinauf. Das Wischen wurde ein wenig lauter. Bevor ich den Schutz der Treppe verlassen musste, beugte ich mich ein Stück nach vorne und lugte in den düsteren Gang. Das Bild des Mondes war im Laufe der Nacht gewandert, hatte sich auf die Tür hin zubewegt, hatte den Blutfleck vereinnahmt und das dunkle Netz über eine gebückte Gestalt gesponnen, die am Boden kauerte, eine Bürste in den gichtigen Händen. Mit ruhiger Gelassenheit zog sie ihre Bahn und beseitigte den mittlerweile tintenkleksgroßen Beweis eines stattgefundenen Blutvergießens. Als hätte sie meine Anwesenheit gespürt, hob die Stumme Lise plötzlich ihren Kopf und blickte in meine Richtung, zielsicher geradewegs in meine Augen. Ich hielt den Atem an und war überzeugt, dass sie die Furcht in meinen Gliedern erahnte. Langsam verzog sie den Mund zu einem zahnlosen Lächeln, aus ihrer Kehle drangen fremdartige glucksende Laute, die entfernt an ein Lachen erinnerten oder aber im Grundton an das Kreischen, das die Bewohner der Stegerschen Villa in Angst und Schrecken versetzt hatte. Alles in mir begann sich zu sträuben, wieder begann der Puls zu rasen, meine Hände zu zittern, die Knie zu beben. Als die Stumme Lise etwas in meine Richtung sagte, das genauso unverständlich wie fremdartig, aber höhnisch und drohend klang, wich ich langsam zurück und taumelte die Stufen hinunter. Immer wieder stolperte folgende Frage durch meinen Kopf: „Was hat das *alles* zu bedeuten? *Was* hat das alles zu bedeuten?"

Ich polierte das Tafelsilber für die Abendmahlzeit, als ich den Jesuiten durch den Spalt der halb offenen Tür vorbeihuschen sah. Wie ich am Morgen in der Küche erfahren hatte, würde der Gottesmann einige Zeit in der Villa wohnen und sich unter Anleitung Herrn Stegers Studien der Philosophie widmen. Mein Herr war auf diesem Gebiet sehr gebildet und verfügte über eine beachtliche Sammlung einschlägiger Literatur, die er nun dem Jesuiten zugänglich machte. Ich nehme an, die Aussicht auf interessante, fachspezifische Gespräche mit dem Gast hatte Herrn Steger dazu bewogen, diesem Unterkunft zu gewähren.

Nun war es bereits später Nachmittag, den ganzen Tag über hatte ich versucht, gedanklich das Rätsel um Turmzimmer, Blut, Kreischen und Stumme Lise zu lösen. Der einzige Schluss, zu dem ich gekommen, war der, dass bei der Sache etwas nicht zusammenpasste. Kurz starrte ich durch den Spalt der Tür auf den leeren Gang und erinnerte mich der Haltung des Jesuiten, als er die Stelle meines Aufenthalts passiert hatte. Etwas an der Art, wie er seine Schultern getragen, seinen Körper gespannt hatte – aufmerksame Hut in den Gliedern – ließ mich nun den Löffel auf die Seite legen. Leise schlich ich zur Tür und lugte in den Gang. Ich konnte gerade noch seine Ferse und ein Stück des Hosenbeines erkennen, bevor er gänzlich hinter der Ecke verschwand. Schnell blickte ich mich um, dann huschte ich ihm auf Zehenspitzen nach. Bei den Treppen hielt ich inne und überlegte. Wohin war er wohl gegangen? Hatte er den Weg empor oder hinab gewählt?

Das leise Öffnen einer Tür half mir bei der Entscheidung und so wandte ich mich der Kellertreppe zu.

Kalter, modriger Geruch klammerte sich an meine Kleidung als ich meinen Fuß auf den festgestampften Erdboden setzte. Obwohl hier nicht geheizt wurde, war es verhältnismäßig warm. Zwischen den nassen Wänden herrschte matte Dämmerung vor. Kurz blieb ich stehen und lauschte. Ein leises Klappern wies mir erneut den Weg. Ich folgte einem Gang in das unterirdische Labyrinth. Ich war nicht mehr weit von ihm entfernt, das fühlte ich. Während ich mich seinem Standort langsam näherte, überlegte ich fieberhaft, was er hier im Keller zu suchen hatte, an dem Ort, der von allem Leben verlassen schien. Als ich langsam um die Ecke schritt, sah ich den schmalen Kegel einer Taschenlampe, der suchend über die Wände glitt. Ich hatte eine Wunderlampe dieser Art noch nie zuvor gesehen, nur von ihr gehört und war beeindruckt von ihrer Strahlkraft. Plötzlich richtete sich das Lichtbündel auf mich und blendete meine Augen. Fast konnte ich die Überraschung fühlen, die er bei meinem Anblick empfand, doch er lenkte den Schein nicht fort von mir. Ich konnte seinen Atem hören, den er schwer ausstieß. Was würde nun folgen? Niemand würde mich schreien hören, wenn er …

Mit aufflammender Energie fiel die Lähmung, die meine Glieder bewegungslos gemacht hatte, von mir ab. Ich wirbelte herum und stolperte den

Weg zurück durch die hellen Punkte, die meine Augen noch immer blendeten. Nun war auch in ihn wieder Leben gefahren, ich hörte, wie er mir nachstürzte. Der Lichtkegel, den er weiterhin auf mich gerichtet hielt, tanzte zuckend über meinen Rücken und warf den Schatten meines Körpers mehrfach dunkel an die Wände. Mittlerweile konnte auch ich wieder besser sehen und begann zu laufen, die Hände ein wenig vom Körper abgestreckt, um nicht doch gegen ein Hindernis zu stoßen. Er kam näher, seine Schritte schwollen an wie das Keuchen meiner Lungen. Endlich erreichte ich die Stufen und stürzte dem Leben entgegen, dem Tageslicht, der rettenden Geschäftigkeit des Hauses.

„Bleib stehen!", stieß er hervor, doch ich blickte mich nicht um.

Er war im Keller zurückgeblieben, denn je mehr ich mich der Sicherheit näherte, desto leiser wurde sein gehetztes Luftholen – seine Schritte waren verstummt.

Erst im Esszimmer beruhigte ich mich langsam vom Schock der letzten Minuten. Doch die Angst der letzten Woche war mit einem Schlag zurückgekehrt und ließ sich an diesem Tag nicht mehr abschütteln.

Das Adagio Sostenuto. Sie spielte es wieder. Doch dieses Mal fehlte ihrer Interpretation jegliches Gefühl, jegliche Anmut. Es waren nur noch Noten, die durch das Haus irrten und die Bewohner abwartend und ahnungsvoll innehalten ließen. Sie machte Fehler. So viele Fehler wie niemals zuvor. Vor dem Musikzimmer bückte ich mich und spähte durch das Schlüsselloch. Herr Steger hatte sich drohend hinter seiner Tochter am Klavier aufgebaut. Neben ihm stand die bleiche Hausherrin und zuckte bei jedem Misston zusammen, als würde die Qual der falschen Töne über ihre Kraft gehen.

Das Adagio Sostenuto. Sie spielte es wieder. Er zwang sie dazu. Sophia starrte auf das Notenblatt vor sich, ihre Haltung war verkrampft.

Früher hatte ich diese Komposition geliebt.

Während ich mich langsam aufrichtete, verfluchte ich sie leise. Sie hatte alles zerstört: die Sicherheit, dass mir nichts passieren konnte, die Sehnsucht nach den einhüllenden Schatten der Nacht, die ich einst wie einen wärmenden, willkommenen Mantel um mich geschlungen hatte, die Freude an der Musik, das Lachen mit Therese. Mit dem Lied war alles gegangen. Auch das Glück.

Als sie das Spiel beendet hatte, blieb es still.

Während ich das Abendessen servierte, blickte mich der Jesuit immer wieder an. Obwohl ich ihn niemals ansah, konnte ich seine Blicke fühlen, die auf mir ruhten. Als ich an der Wand stand und die gemusterte Tapete anstarrte, wünschte ich, meine Nase niemals so tief in die Angelegenheit anderer gesteckt zu haben. Doch das konnte ich nun nicht mehr ändern.

Instinktiv wusste ich, dass der Pater nach einer Möglichkeit suchte, mir aufzulauern. Deswegen hielt ich mich an diesem Abend stets in der Nähe anderer Dienstboten auf und begab mich gemeinsam mit Therese in unser Zimmer.

Ohne Vorwarnung und schrill riss mich das Kreischen aus meinen Albträumen. Gleichzeitig mit Therese in ihrem fuhr ich in meinem Bett hoch, darum bemüht, den Schlaf abzuschütteln und in die Realität zurückzukehren. Die nächsten Minuten saßen wir zitternd in unseren Betten und warteten ab. Warteten auf seine Schritte, die Ruhe verhießen, warteten auf den Geruch seiner Pfeife, warteten darauf, dass der Laut verstummte. Doch im Gang rührte sich nichts. Ich blickte zu Therese.

„Er ist ausgegangen", flüsterte sie.

Das Kreischen hielt an.

Eine Minute. Zwei Minuten. Fünf Minuten.

Es wurde immer eindringlicher, immer irrer und fremdartiger.

Zehn Minuten.

„Ich muss nachsehen", entschloss ich mich. „Komm mit!"

Therese schüttelte bleich den Kopf.

„Niemals!"

Gerade, als ich den Gang entlang schlich, verebbte der Schrei zu einem Gurgeln, das weit schlimmer war als alles, was ich bis dahin gehört hatte. Ein Poltern mischte sich zu den Geräuschen, kurz und mächtig. Plötzlich war es still.

Ich hielt den Atem an.

Die Stille lastete schwer. Todbringend. Etwas war geschehen. Das, was die Ruhe der Nacht zurückgebracht hatte, war unheilvoller als der Lärm zuvor.

Dann sah ich eine dunkle Gestalt in den oberen Stock hetzen. Es war der Jesuit. Das zweite Mal an diesem Tag veranlasste mich seine Haltung dazu, ihm zu folgen. Sein Gang verströmte erschrockene Panik, verzweifelte Eile.

Als ich den obersten Stock erreichte, stand die Tür zum Turmzimmer offen. Dahinter führte die steile Treppe hinauf in den Turm und die Dunkelheit.

Neben der Tür stand die Stumme Lise und starrte vor sich auf ein Bündel, das auf dem Boden lag. Wenige Meter vor mir, den Rücken mir zugekehrt und ebenfalls auf das Bündel blickend, hatte der Jesuit innegehalten. Dann knarrten die Stufen und langsam wie in Trance schritt die Hausherrin, einem Todesengel gleich, von oben herab, der Blick glasig und abwesend. Ihre Hände waren schwarzgefärbt – die gleiche Flüssigkeit, die am Tag zuvor auch meine Finger benetzt hatte, klebte an ihnen. Blutspritzer auf dem weißen Morgenmantel malten ein Bild des Schreckens. Vor dem Bündel blieb sie stehen, starrte es kurz an.

„Ich konnte es nicht ertragen … dieses Kreischen. Immer dieses Kreischen …"

Dann stieg sie darüber hinweg und verschwand die Treppe hinunter. Mein Herz klopfte ängstlich, als ich nun das Bündel genauer betrachtete, das da ausgestreckt vor uns auf dem Boden lag. Die zarten Glieder eines kleinen Frauenfußes hoben sich hell vom dunklen Untergrund des Bodens ab. Der Saum eines einfachen Nachthemds war bis zur Hälfte des rechten Unterschenkels hinaufgerutscht. Ein schlanker Hals hielt einen zierlichen Kopf, von dem ich nur das kurzgeschnittene, dunkle Haar ausmachen konnte. Lange, feingliedrige Finger ruhten reglos auf dem kalten Boden. Ein dicker Verband war um ihr Handgelenk gewickelt worden.

Die Stumme Lise stieß einen markerschütternden Schrei aus, bevor sie in die Knie sank und das erstarrte Bild wieder zum Leben erweckte. Nun stürzte auch der Jesuit herbei, ließ sich neben dem leblosen Geschöpf nieder und drehte es langsam auf den Rücken. Der Kopf einer zierlichen Frau fiel bei dieser Bewegung zurück und lenkte mich kurz von dem dunkelschwarzen Fleck ab, der ihren gesamten Brustraum aufgesogen zu haben schien. Das matte Aufleuchten eines Messers, das in ihrem Hals steckte, ließ nun mich aufschreien. Er hörte es nicht.

„Ich bin zu spät", murmelte er verzweifelt. „Oh, Täubchen, ich bin zu spät!"

Während er erschüttert diese Worte wie ein Gebet fortwährend wiederholte, ließ ich mich langsam neben ihm nieder.

„Wer ist das?", fragte ich nach langer Zeit – vor einigen Minuten war auch der Jesuit verstummt.

„Lisbeth", erwiderte er, „das war Lisbeth."

Die Stumme Lise schluchzte leise und ich lenkte meine Aufmerksamkeit ihr zu. Dicke Tränen rannen über ihre Wangen und die tiefe Anteilnahme, die sie nun zeigte, rührte mich. Zögernd beugte ich mich zu ihr und legte meine Hand auf ihren Arm. Ich konnte die Überraschung in ihren Augen sehen, als sie mich anblickte. Aufmunternd nickte ich ihr zu, drückte sie sanft und zog meinen Arm zurück. Verwirrt schenkte sie mir ein zögerliches, verunsichertes Lächeln. Dann erhob sie sich und verließ mit hängenden Schultern den Schauplatz einer Tragödie.

„Wir müssen einen Arzt rufen", meinte ich, viel zu spät.

„Wozu?", wollte er resigniert wissen. „Wozu?"

In diesem Augenblick hörte ich seine Schritte. Sie kamen zu spät. Der Geruch seines Pfeifentabaks erreichte uns, noch bevor wir ihn sahen. Ich hielt mir die Hand vor den Mund und nieste. Bewusst versuchte ich das zarte Wesen neben mir zu ignorieren. Hätte ich es nicht getan, wäre ich schreiend durch das Haus gelaufen.

Am Treppenabsatz blieb er stehen, sofort war es still. Dann, mit einem leisen Knipsen flammte elektrisches Licht auf und nahm mit ihm die schützenden Schatten fort, sodass sich ein Farbenmeer über uns ergoss, in dem Rot vorherrschend war. Dunkles Rot. Herzblutrot. Todesrot.

Mit aller Kraft rappelte ich mich zitternd auf und wandte mich ab. Ich hatte bereits viel zu viel in der Dunkelheit der Nacht gesehen. Was sich meinen Augen jetzt bot, war nicht zu ertragen.

Es zuckte nur einmal kurz in Herrn Stegers Gesicht, dann wollte er mit eisiger Stimme an den Jesuiten gewandt, wissen: „Was ist hier geschehen?"

Endlich riss sich der Pater von dem grauenhaften Anblick los und richtete sich auf. Seine Augen funkelten kalt.

„Das wollte ich Sie ebenfalls fragen."

„Woher soll ich das wissen?", herrschte ihn Herr Steger an. „Ich bin gerade eben nach Hause gekommen. Abgesehen davon, steht Ihnen das Recht nicht zu, Fragen zu stellen. Dies ist mein Haus."

„Ich meinte mit meiner Frage nicht die letzte Stunde, sondern die letzten Tage. Wie konnte es nur so weit kommen?", entgegnete Martin Taubert unbeeindruckt und ignorierte die letzten Worte meines Herren.

„Ich weiß nicht, was Sie das anginge!"

Die Stumme Lise schlich leise und mit trüben, rotunterlaufenen Augen an meine Seite und reichte mir ein Leintuch. Gemeinsam breiteten wir es über den Leichnam.

„Lisbeth war meine Nichte."

Kurz war es still und ich wagte einen schnellen Blick in die Richtung meines Herren. Seine Augen funkelten gefährlich.

„Woher wussten Sie, dass sie hier war?"

„Einer Ihrer Angestellten ist ein guter Freund von mir. Er erzählte mir vom Tod meines Schwagers, Lisbeths Vater."

Steger verschränkte die Arme vor der Brust, in einer Hand hielt er noch immer seine Pfeife.

„Ich habe auf den Brief Ihrer Bank und des Nachlassverwalters gewartet, doch keiner von beiden wurde mir zugestellt. Soll ich weitersprechen?"

Mein Herr stieß einen fürchterlichen Fluch aus.

„Ich stellte Nachforschungen an und fand heraus, dass Ihnen der Tod meines Schwagers geradezu gelegen kam. Er war ein reicher Mann und hinterließ seiner einzigen Tochter ein überwältigendes Vermögen. Sie unterrichteten den Nachlassverwalter, dass es keine weiteren Verwandten gäbe und dass nun Sie sich persönlich um das Wohl des Mädchens sorgen würden."

„Hören Sie auf", schnitt Herr Steger dem Pater das Wort ab. „Das sind alles niederträchtige Unterstellungen!"

„Wirklich?"

Ich wagte nicht, mich zu bewegen, als Taubert langsam auf meinen Dienstherrn zuging.

„Warum haben Sie Lisbeth dann eingesperrt?"

„Warum? Ich habe sie aus diesem Kellerloch befreit, indem ihr eigener Vater sie gefangen hielt. Das Turmzimmer war bei weitem ein besseres Quartier. Hier hatte sie wenigstens Licht!"

„Wie bitte?"

Herr Taubert starrte sein Gegenüber verständnislos an, doch bevor Herr Steger antworten konnte, hörten wir Schritte die Stufen heraufkommen. Es war der Arzt, den die Stumme Lise, auf mir unerklärliche Weise, verständigt hatte.

Ich wurde fortgeschickt.

Doch in einem Haus, indem es Dienstboten gibt, ist kein Geheimnis sicher, denn ich erfuhr jedes Detail, das mit dem Mädchen zu tun hatte, ohne dass wir darüber sprachen. Wir hatten uns auch nie über die Schwarze Grete unterhalten und trotzdem hatte der Jesuit von ihr erfahren, als er noch nicht einmal eine Stunde unter diesem Dache weilte.

Es ist eine traurige Geschichte. Eine Mondscheingeschichte. Eine Geschichte der Nacht. Eine Geschichte, die Frau Steger die Möglichkeit nahm, Weihnachten mit ihrer Familie zu feiern. Eine Geschichte der Einsamkeit, der Qual, die mit dem Tod endete. Eine Geschichte, die aus der Mondscheinsonate ein Todesadagio machte.

Nach Lisbeths Geburt verstarb die Mutter, Viktoria Kolbe, da die Geburtswunde nicht mehr zu bluten aufhörte und hinterließ einen Mann, der sie vergötterte und den ihr Tod um den Verstand brachte. Innerlich machte er seine Tochter für das Dahinscheiden der geliebten Frau verantwortlich und ließ das Mädchen in den Keller seines Hauses sperren. Ein Dienstmädchen wurde angewiesen, dem Kind Essen zu bringen, aber nicht mit ihm zu sprechen. Auf diese

Art vegetierte das Mädchen jahrelang dahin. Ohne persönliche Ansprache, ohne Kinderlieder und -spiele, ohne Sonne auf der Haut, ohne Musik.

Nach dem Tod des Vaters nahm Herr Steger das Mädchen zu sich, um ihr Vermögen sicher in seiner Bank angelegt zu wissen. Denn es hätte den Ruin der Bank bedeutet, wenn der Erbe die sofortige Auszahlung des Geldes forderte. Als Herr Steger nun aber das Mädchen erblickte, das er zu sich nehmen wollte, erkannte er, dass dies unweigerlich seinen Ruf und den der Bank zerstören würde. So beschloss er, es im Turmzimmer einzusperren und nichts gegen das Gerücht über die Rückkehr der Schwarzen Grete, das jedes Jahr um diese Zeit die Runde machte, einzuwenden. Er übertrug der Stummen Lise die Aufgabe, sich um die junge Frau zu kümmern, ohne dass irgendjemand davon erfahren sollte.

Womit er nicht gerechnet hatte, war, dass Lisbeth die Klänge der Mondscheinsonate, die übrigens ihre Mutter auf dem Piano einst vorzüglich beherrschte, zutiefst anrührten. Das schauerliche Kreischen, mit dem sie uns alle zu Tode erschreckte, war ihr Gesang.

Steger band ihr den Mund zu, woraufhin sie ihren Körper gegen die Wand warf und sich mit einem spitzen Gegenstand die Unterarme aufschlitzte. Das Blut, das dabei aus ihrem Körper strömte, war das gleiche, das ich einst unter der Tür in den Gang rinnen sah.

Frau Steger konnte mit diesen Schreien nicht leben. Sie wurde des Lebens nicht mehr froh und entwickelte einen tödlichen Hass, der sie schließlich in den obersten Stock hinaufsteigen ließ, die Stumme Lise mit sich schleifend, die außer Herrn Steger als einzige einen Schlüssel für diesen Raum besaß. Sie befahl dieser aufzuschließen, erklomm die Stufen zu dem einsamen Mädchen und stieß ihr das Messer in den Hals. Die Verzweifelte klammerte sich hilfesuchend an ihre Mörderin, doch diese stieß sie von sich. Lisbeth fiel unglücklich, wahrscheinlich war sie bereits tot, noch bevor sie die Stufen hinunterrollte.

Der Jesuit hatte von der Tragödie in seiner Familie nichts geahnt, sonst wäre er früher aus Feldkirch angereist. Als ihn jedoch sein Freund über den Tod seines Schwagers informierte, machte er sich auf den Heimweg, um seiner Schwester in den schwersten Stunden beizustehen. Der Brief, der ihn wohl einst vom Tod dieser unterrichten hätte sollen, ging tragischerweise irgendwo zwischen Halle und Feldkirch verloren.

Bald hatte er herausgefunden, wohin man seine Nichte gebracht hatte. Aus Vorsicht verschwieg er seine Verwandtschaft zu dem Mädchen, das er nirgendwo finden konnte, und gab Studien als Grund seines Kommens an.

Das Kreischen war der einzige Hinweis darauf, dass in diesem Haus noch jemand lebte, von dessen Existenz niemand zu wissen schien. Weil der Pater nicht wusste, wo er seine Nichte suchen sollte, begann er seine Nachforschungen im Keller, wohin ich ihm gefolgt war.

Eigentlich ist jetzt alles gesagt. Alles erzählt. Doch manchmal, zu Weihnachten, soll Lisbeth zurückkehren. Sie steigt in das Turmzimmer hinauf, während das Klavier zu spielen beginnt, das längst nicht mehr innerhalb dieser Mauern steht. Und während die Mondscheinsonate von den Wänden widerhallt, wartet sie auf jemanden, der zu dem Ort ihres Todes emporsteigt. Geschieht dies in den vier Wochen rund um Weihnachten, stößt sie denjenigen die Stufen hinab.

Niemals wird das Poltern verstummen, es sei denn, das Lachen hunderter Kinder, ein Lachen, das ihr selbst niemals vergönnt war, dringt hinauf zu ihrem Versteck und erfüllt die Villa bis in den letzten Winkel.

Onevening Books

Rubens

Onevening Book

1. Kapitel

Ich sehe ihn neben mir über die sattgrünen Hügel laufen, die sich hinter unserem Dorf sanft durch die Landschaft wellen. Ich sehe sein lachendes Gesicht hell vor dem dunkelblauen Himmel eines späten Sommertages. Eine Welt, die uns schon früh inspirierte. Eine Welt voll Farben und Schatten, voll Nuancen und klaren Grenzen, eine Welt voll Licht und Dunkelheit. Wir wollten sie malen. Während mir stets auf der Suche nach neuen Motiven schier die Augen aus den Höhlen fielen, bevorzugte er es, große Maler zu kopieren. Dabei zog er sich mit einem Zeitungsfoto oder einem Druck in sein Zimmer zurück, saß stundenlang dort und starrte auf das Kunstwerk vor sich, bis er zu malen begann.

„Erst wenn man einen Maler gemalt hat, kann man ihn wirklich verstehen", pflegte er zu sagen. „Rubens zum Beispiel – wer versteht ihn wirklich?"

„Was ist an Landschaftsbildern und mollig rosigen Engelchen schwer zu verstehen?", meinte ich dann und er wandte sich ab, erschüttert von meiner Ignoranz.

Als wir größer waren, begann er auch die Farben selbst zu mischen oder sogar herzustellen.

„Diese neuen Farben sind mit den alten nicht zu vergleichen", erklärte er. „Sie reflektieren nicht in der gleichen Intensität – ihre Pigmente strahlen nicht wie die der Naturfarben. Mit diesen ,Kunstfarben'", das letzte Wort spuckte er angewidert aus, „ist es kein Wunder, dass man sie nicht versteht. Nur ein Original kann dich dem Maler näher führen."

Er griff nach einem Tiegel mit wertvollem Lapislazuli-Pulver und begann, es mit Ölen, Wachsen und Harzen zu mischen.

Ich sehe alles noch vor mir. Ihn, mich, die Welt um uns und sein Zimmer voller Farben.

„Polizei, öffnen Sie die Tür!" Oberkommissarin Noreen Maciag klopfte zum fünften Mal laut an die Tür, dann blickte sie zu dem Polizisten an ihrer Seite. Dieser zuckte mit den Achseln.

„Sehen Sie", kam es von einer besorgten Stimme hinter seinen Schultern, „er öffnet nicht. Das seit Tagen. Da stimmt etwas nicht!"

„Und Sie sind sicher, dass Herr Tremel nicht verreist ist?", fragte Maciag zum wiederholten Mal.

„Hören Sie, Frau Kommissarin, ich sollte ihm gestern Modell sitzen. Niemals zuvor hat er einen unserer Termine verpasst. Wenn ich es Ihnen doch sage, da stimmt etwas nicht!"

Die Kommissarin nickte ihrem Kollegen aufmunternd zu, der warf sich sogleich gegen die Tür. Es knackte, doch sie hielt stand.

„Noch einmal, ich helfe dir. Auf drei."

Sie zählte bis drei und die Beamten rammten gleichzeitig das Hindernis. Dieses Mal krachte es ohrenbetäubend, das Holz gab nach und schlug mit einem lauten Knall gegen die Wand.

„Ich hab mir immer gedacht, die Polizei macht das mit Kreditkarten oder Haarnadeln", meinte das dürre Modell enttäuscht.

„Jaja, die Kollegen im Fernsehen machen das so", sagte Polizist Quintus und folgte seiner Chefin ins Innere.

Verwesungsgestank schlug ihnen entgegen. Wieder drehte sich Maciag zu dem Mann um und gab ihm ein Zeichen, woraufhin sich dieser zu der Frau hinter sich wandte: „Sie gehen besser jetzt in Ihre Wohnung zurück, Frau Schöps. Wir melden uns, wenn wir Genaueres wissen."

„Aber was stinkt denn hier so? Das ist doch nicht etwa ... das kann doch nicht ..."

Der Polizist drängte sie aus der Wohnung und zog die Tür hinter sich zu, die nun ein wenig schief in den Angeln hing.

„Mein Gott, sieh dir das an", murmelte die Oberkommissarin und der Polizist folgte ihr ins Wohnzimmer. „Verständige Kriminaltechnik und Rechtsmedizin."

Quintus starrte bewegungslos auf das Blut, das den ganzen Raum neu ausgemalt zu haben schien.

„Das ist das erste Mal, dass ich so etwas sehe, Noreen", keuchte er. „So viel Blut!"

„Du wirst feststellen, dass es mit der Zeit besser wird, aber daran gewöhnen wirst du dich nie", kam es sachlich von der Kriminologin, die den Blutflecken auf dem Boden auswich und langsam auf den toten Körper eines Mannes zuging, der auf einem Sofa saß. Der Kopf ruhte hinten auf der Lehne, so, als wäre er gerade eingeschlafen. Die Arme lagen steif an beiden Seiten des Körpers mit der Handfläche nach oben und Maciag erkannte augenblicklich die Todesursache.

„Er hat sich die Pulsadern aufgeschnitten", stellte sie fest.

„Mir wird schlecht", stöhnte der Polizist, der neben sie getreten war, nachdem er in der Zentrale Bescheid gegeben hatte. „Sieh dir diesen Madenteppich an!"

„Die äußeren Umstände dieser Wohnung sind geradezu ideal für die Eiablage von Schmeißfliegen. Ich nehme mal an, dass diese kleinen Würmchen mal welche werden", kam es trocken von der Kommissarin, dabei griff sie in ihre Tasche und holte Latex-Handschuhe hervor.

„Gib mir die Kamera", sagte sie zu ihrem bleichen Kollegen, „und wenn wir Fotos gemacht haben, beginnen wir mit der Arbeit."

1. Szene

Galerist: *(zum Publikum)* Ich freue mich, dass ich Sie heute Abend zur Eröffnung unserer neuen Ausstellung begrüßen darf! Wie Sie sehen werden, steht unsere Kunstgalerie die nächsten Wochen ganz im Zeichen des Symbolismus. Darf ich Ihre Aufmerksamkeit auf ein besonderes Gemälde lenken? Es heißt *Die singende Krähe* und stammt von T. T., einem diesem Hause wohl bekannten Künstler. Lassen Sie mich nur kurz ein paar Worte zu dem Bild sagen. Der junge Mann, der auf der unteren Hälfte des Werkes versonnen unter einem Baum liegt, bemerkt nicht, wie dieser drohend seine Äste nach ihm ausstreckt – auch die Krähe, die mit schwingenden Flügeln über seinem Kopf kreist, sieht er nicht. Aus dem Schatten des Baumes kriecht unheilvoll Nebel. Aber der Jüngling beachtet ihn nicht. Das goldgelbe Weizenfeld, das sich über den ihm gegenüberliegenden Hügel erstreckt, hat ihn gänzlich gefesselt. Noch schimmert der Vogel dunkelblau, noch strahlt das Leben auf ihn ab, erhellt das Schwarz. Doch bald wird der Krähe Schatten auf den jungen Mann fallen.

Leser: Ich sehe ihn neben mir über die sattgrünen Hügel laufen, die sich hinter unserem Dorf sanft durch die Landschaft wellen. Ich sehe sein lachendes Gesicht hell vor dem dunkelblauen Himmel eines späten Sommertages.

Galerist: Treten Sie näher, lassen Sie die Farben auf sich wirken.

(Oberkommissarin Maciag und Polizist Quintus treten hinter den Mann.)

Maciag: Herr Benkert?

Galerist: *(dreht sich zu der Polizistin)* Ja?

Maciag: Sind Sie Herr Wiggo Benkert?

Galerist: Das bin ich. Kann ich Ihnen helfen?

Maciag: Es tut mir leid, dass wir Sie kurz stören müssen. Wir sind von der Polizei und hätten ein paar Fragen an Sie.

Galerist: Polizei?

Maciag:	*(zeigt die Dienstmarke)* Ich bin Oberkommissarin Noreen Maciag. Das ist mein Kollege Herr Quintus.
Galerist:	Ich weiß zwar nicht, wie ich Ihnen helfen kann, aber ich werde mein Bestmögliches geben.
Maciag:	Wunderbar. Es wird nicht lange dauern. Kennen Sie einen Maler namens Thomas Tremel?
Galerist:	Nun ja, ein wenig. Wir verkehren hin und wieder geschäftlich miteinander. Weshalb fragen Sie? Ist etwas passiert?
Maciag:	Herr Tremel hat, wie es scheint, Selbstmord begangen.
Galerist:	*(entsetzt)* Nein! Wie schrecklich! Welch Verlust für die Kunstwelt! Sehen Sie, das Bild dort drüben, das mit der Krähe, das stammt von ihm.

(Die Polizisten drehen sich kurz in die angedeutete Richtung.)

Galerist:	Das ist wohl der Fluch, der über den Genies hängt, der Fluch, das eigene Leben nicht zu ertragen. Sie sehen viel mehr als wir, verstehen Sie? Deswegen können sie auch malen.
Maciag:	Hat er auf Sie bei Ihrem letzten Treffen irgendwie bedrückt gewirkt?
Galerist:	*(schüttelt den Kopf)* Nein. Überhaupt nicht.
Maciag:	Können Sie sich irgendeinen Grund vorstellen, weshalb er sich das Leben hatte nehmen wollen?
Galerist:	*(bedrückt, bedauernd)* Nein. Tut mir leid.
Maciag:	Dann noch eine andere Frage.
Galerist:	Ja?
Maciag:	Ihrer Galerie ist doch vor Monaten ein Rubens gestohlen worden.
Galerist:	*(zögernd, überrascht)* Ja. Ja, das stimmt. Aber weshalb fragen Sie? Was hat das mit Tremel zu tun?
Maciag:	Das Bild ist wieder aufgetaucht. Gestern erhielten wir den Anruf eines Anwalts. Er berichtete, dass Tremel ihm vor ungefähr zwei Wochen ein Paket zugesandt hatte. Auf der beiliegenden Nachricht stand, er solle das Paket für Tremel verwahren, erst nach seinem Tod öffnen und die nötigen Schritte einleiten. Wie es aussieht, hielt es der Anwalt für das Richtige, die Polizei zu verständigen.

Galerist: *(zuerst blass, dann langsam kommt mäßige Freude auf)* Ich kann es nicht glauben ... Welch gute Nachricht! Das heißt ... sagen Sie nicht ... Sie glauben doch nicht etwa, T. T. hat das Gemälde gestohlen?

2. Kapitel

Er steht vor seiner Staffelei. In meinen Gedanken steht er immer dort, an diesem Platz am Fenster. Das Licht fällt schräg in den Raum, streift manchmal seine Finger, die einen Pinsel halten. Auch auf den Fingern ist Farbe. Lapislazuliblau, Zinnoberrot, Bleizinngelb. Wenn er so dasteht, wirkt er selbst wie ein Gemälde. Ein Maler bei der Arbeit in seinem Atelier.

Als wir jünger waren und im Freien skizzierten, habe ich manchmal meinen Block auf die Seite gelegt und ihm zugesehen.

„Dieses Sandbraun dort auf dem Blatt, siehst du es?"

Ich wandte meinen Kopf. Ja, da flatterte ein Blatt an einem Ast. Sandbraun, von mir aus.

„Ja."

„Das ist genau die Farbe von Albin Egger-Lienzs *Almlandschaft im Ötztal*."

Und als ich meinen Blick dann auf seinen Zeichenblock lenkte, entstand vor meinen Augen genau diese Landschaft. Ein Berg, dem Wetter trotzende Almhütten, Felsbrocken, die vereinzelt aus dem Boden ragen und an den unwirtlichen Untergrund erinnern, im Hintergrund fast blendend hell geballte Wolken.

Auch später habe ich ihm zugesehen. Als er bereits in seinem Atelier arbeitete. Ich habe gesehen, wie er Rubens malte.

„Es ist erstaunlich", habe ich einmal andächtig geäußert, „wie wenig sich deine Bilder von den Originalen unterscheiden!"

„Es liegt an den Farben", hat er erwidert.

„Trotzdem", habe ich eingewandt, „du könntest fast Rubens selbst sein!"

„Ich *bin* Rubens", hatte er geantwortet und dabei so ernst geblickt, dass ich ihm kurz geglaubt habe.

„Die Fingerabdrücke sind in Atelier und Wohnzimmer bereits abgenommen worden", sagte Polizist Quintus und folgte der Oberkommissarin ins Atelier.

Durch das breite Fenster, vor dem eine Staffelei aufgestellt war, fiel das matte Licht eines Winternachmittages. An die Wände gelehnt standen mit Tüchern abgedeckte Bilder, teilweise war der Stoff heruntergerutscht und gab das Geheimnis einer Landschaft oder Naturidylle preis. Maciag trat vor die Staffelei.

„Sieh dir das an", forderte sie ihren Kollegen auf. „Ist das nicht Frau Schöps, die Nachbarin?"

Der Polizist trat neben sie und musterte das nicht vollendete Werk.

„Ja, das ist sie und sie sieht darauf besser aus als in Wirklichkeit. Er muss ihr ein paar minimale Fettpölsterchen an manchen Stellen verpasst haben. Ich glaube, Maler stehen nicht sonderlich auf den ‚Äthiopien-Look‘.“

Maciag starrte unverwandt auf das Gemälde.

„Wenn du vorhast, dich umzubringen, würdest du dann noch mit einem Bild beginnen?“, fragte sie nach einer Weile.

Quintus zuckte die Achseln: „Eigentlich nicht, doch wenn er Depressionen hatte? Ich glaube, wenn man sich vollkommen am Ende fühlt, denkt man nicht mehr logisch.“

„Frau Oberkommissarin?“

Maciag und der Polizist drehten sich gleichzeitig zur Tür und erkannten ihren Kollegen von der Kriminaltechnik.

„Sind Sie fertig?“

„Ja, wenn Sie nichts dagegen haben, können wir die Wohnung für die Verwandten freigeben.“

„Ich werde mich heute hier noch ein wenig umsehen“, meinte die Kommissarin. „Ich brauche nicht mehr lange. Wie’s aussieht, war’s tatsächlich Selbstmord … Und, haben Sie irgendwelche Ungereimtheiten festgestellt?“

„Nun ja, noch kann ich nicht viel sagen, doch kommt mir tatsächlich etwas nicht ganz logisch vor.“

Maciag hob erwartungsvoll eine Augenbraue: „Und zwar?“

„Normalerweise sind es doch Fingerabdrücke, die jemanden überführen“, begann er zu erklären und Maciag nickte. „In diesem Fall kann es genau umgekehrt sein.“

„Ich glaube, ich verstehe nicht ganz“, meinte die Oberkommissarin und warf einen schnellen Blick aus dem Fenster. Die Aussicht war hier wirklich phänomenal! Genau der richtige Ort, um seine Staffelei aufzustellen.

„Es ist so, dass auf der Packung mit den Schlafmitteln, die wir auf dem Couchtisch gefunden haben, nicht ein einziger Fingerabdruck zu entdecken war. In diesem Zusammenhang muss ich anmerken, dass wir die Schachtel nicht finden konnten, die möglicherweise von der Apothekerin berührt worden war, sondern nur die unmittelbare Verpackung der Tabletten. Sie wissen, was ich meine?“

„Den Blister?“, wollte die Kommissarin wissen.

„Genau, die korrekte Bezeichnung war mir soeben entfallen. Komisch, drückt sich doch jeder hin und wieder eine Tablette aus der Hülle und ist nicht in der Lage, sie anders als ‚Tablettenrausdrückdings‘ zu bezeichnen … Also, um es fachmännisch auszudrücken: Auf dem Blister fanden sich keinerlei genetische Spuren.“

Maciag und der Polizist blickten ihr Gegenüber abwartend an.

„Das ist eigenartig", fuhr der Kriminaltechniker fort. „Wieso sollte sich der Verstorbene Handschuhe anziehen, nur um die Tabletten rauszudrücken?"

Die Kommissarin runzelte nachdenklich die Stirn.

„Notiere das", bat sie ihren Kollegen. „Sonst noch etwas?"

„Ja", kam es von ihrem Gegenüber, der sich in Fahrt zu reden schien. „Das Messer, mit dem er sich die Pulsadern aufgeschnitten hat, weist nur die Fingerabdrücke einer Hand, nämlich der rechten auf und er hat sich aber beide Arme aufgeschnitten."

Maciag wechselte einen schnellen Blick mit ihrem Begleiter.

„Und der Abschiedsbrief, den wir gefunden haben?"

„Weist merkwürdiger Weise zwei unterschiedliche Spuren auf, was mir auch ein wenig zu denken gibt. So einen Abschiedsbrief reicht man doch nicht rum. Man nimmt das Blatt normalerweise direkt aus dem Karton, in dem man es gekauft hat. Aber gut. Auf jeden Fall werden wir eine Schriftanalyse durchführen."

Maciag begann auf und ab zu gehen, während sie das Gehörte zu verarbeiten versuchte.

„Wie es aussieht", meinte sie schließlich und hielt inne, „werden wir die Wohnung morgen nicht freigeben können."

2. Szene

Galerist: *(geht nervös auf und ab)*

Die Tür öffnet sich, ein Mann tritt ein.

(folgender Dialog muss ein wenig so wirken, als wäre er einstudiert)

Galerist: Gut, dass Sie kommen konnten, Herr Grimm.

Grimm: Angesichts des Wiederauftauchens des gestohlenen Rubens heißt es, keine Zeit zu verlieren. Meine Versicherungsgesellschaft ist ein wenig erstaunt über die Art, wie und wo das Gemälde gefunden wurde. *(legt eine kurze Pause ein)* Man könnte annehmen, dass Sie selbst etwas mit dem Raub zu tun hatten.

Galerist: *(wird bleich)* Ich bitte Sie, Herr Grimm! Es ist mir vollkommen rätselhaft, wie das Bild zu dem Anwalt kommen konnte! Sie werden doch nicht etwa dem verstorbenen T. T. oder gar mir diesen Raub unterstellen!

Grimm: Hören Sie, Herr Benkert, welche Schritte ich als Nächstes einleiten werde, weiß ich noch nicht. Aber es sieht nicht gut aus, wenn Sie verstehen, was ich meine.

Galerist: *(flehentlich)* Bevor Sie der Versicherung eine Meldung machen, lassen Sie uns bitte in Ruhe noch einmal darüber reden!

Grimm: Ich wüsste nicht, welchen Sinn das hätte. Ich werde alles versuchen, dass diese Sache für alle Beteiligten schnell und glimpflich über die Bühne geht. Schließlich wollen wir T. T.s Andenken nicht beschmutzen. Sein Selbstmord ist schon schlimm genug. *(wendet sich zum Gehen, macht ein paar Schritte, dreht sich in Gedanken noch einmal um)* Ach, noch eine Frage: wurde noch ein Rubens in seiner Wohnung gefunden?

Galerist: Ich bitte Sie! Woher soll ich das wissen? Gestohlen wurde der Galerie jedenfalls kein weiterer.

Grimm: Nun, das ist wohl Ihre einzige Hoffnung. Auf Wiedersehen. *(geht ab)*

3. Kapitel

Einmal frage ich ihn, ob er einen neuen Rubens erschaffen könne, einen noch nie da gewesenen, eine neue Schöpfung, ein neues Werk. Kurz blickt er mich an, ein wenig verächtlich vielleicht, dann greift er nach seinem Pinsel und stellt sich an die Staffelei. Ich kann ihn genau vor mir sehen, wie er den Holzuntergrund, den er, wie der Meister selbst, oft statt einer Leinwand verwendet, anstarrt, im Kopfe ein Bild kreiert, dessen Einteilung, dessen Farben vor seinem inneren Auge heraufbeschwört.

Als er mich Tage später wieder zu sich ruft, bekomme ich fast ein wenig Angst, denn es könnte ein Bild des wahren Meisters sein, des wahren Rubens, das sich mir offenbart. Er kann sie alle kopieren: Antoine Watteau, Ferdinand Georg Waldmüller, Johann Heinrich Füssli. Doch seine Liebe gehört allein Rubens und so setzt er sich immer mehr mit ihm auseinander, immer mehr. So viel, dass es mich ein wenig erschreckt, wenn er mich mit fiebrigem Blick fixiert und zwischen zusammengebissenen Zähnen hervorpresst: „Ich *bin* Rubens, verstehst du?" Und auf meine Bitte hin, Theo van Doesburg zu kopieren, abfällig betont: „Ich male keinen Anhänger des Dadaismus. Wie *kannst* du nur fragen!"

„Die Rechtsmedizin hat den Gehalt von Alkohol bestätigt", teilte Oberkommissarin Maciag ihrem Kollegen mit. „Die Kriminalbiologie hat das Schlafmittel in den Maden nachweisen können – er hat es also geschluckt. Wenn die fehlenden Fingerabdrücke auf Blister und Messer nicht wären, würde sich alles zu einem logischen Bild von Selbstmord zusammenfügen: Der Verzweifelte, der mit Alkohol die Schlaftabletten hinunter spült und sich dann die Pulsadern aufschneidet."

Nachdenklich stapfte sie im Zimmer auf und ab. Plötzlich hielt sie inne.

„Gib mir noch einmal den Abschiedsbrief", bat sie und Polizist Quintus reichte ihn ihr.

Während sie die letzten Worte des Verstorbenen überflog, meinte sie: „Die Schriftanalyse hat ergeben, dass es seine Schrift ist. Nur das kleine *a* schrieb er anders als bei den Vergleichstexten."

In Gedanken hielt sie das Papier ein wenig von sich entfernt, sodass das Wasserzeichen der Herstellerfirma sichtbar wurde.

„Das", stellte sie fest, „ist ein eigenwilliges Wasserzeichen. Sieh dir diese Schwingen an, sehen aus wie Engelsflügel ... Aber egal, das hilft uns nicht, den Fall zu lösen."

„Ist dir eigentlich aufgefallen, dass Herr Benkert und T. T. aus dem gleichen Ort stammen? Aus einem Kaff irgendwo an der französischen Grenze?"

Maciag blieb abrupt stehen.

„Wie bist du denn darauf gestoßen?"

Quintus schwenkte eine alte Einladung zu einer Vernissage.

„Die habe ich mitgenommen, als wir bei der Kunstgalerie waren – steckte dort in einem Ständer. Und hier, sieh selbst, vor nicht allzu langer Zeit gab es dort eine Ausstellung, in deren Mittelpunkt die Werke von T. T. standen. Leider ist er nicht wirklich begabt, würde ich sagen, hat einen etwas verwaschenen Stil, als würde er nicht wissen, für welchen er sich entscheiden sollte. Kann mir nicht vorstellen, dass ihm diese Kunst viel Geld einbringt. Auf alle Fälle ist diese Einladung mehrmals gefaltet."

Er demonstrierte ihr, was er meinte und fuhr fort: „Hier auf der Rückseite steht eine Kurzbiographie des Malers und hier", er faltete den Flyer auseinander, „hier auf der Innenseite stehen zwei Sätze über den Galeristen, also Herrn Benkert."

Maciag nahm ihm das Papier aus der Hand.

„Du hast recht", stellte sie erstaunt fest, „und dann sind sie beide nach ihrem Studium hierher nach Leipzig[1] gezogen? Rein zufällig? Ohne sich gut zu kennen, wie Herr Benkert behauptet hat?"

Die Oberkommissarin stieß die Luft aus.

„Georg, das könnte eine Spur sein! Wir sollten unserem lieben Herrn Galeristen einen weiteren Besuch abstatten."

Gerade, als sie den Raum verlassen wollten, kam ihnen der Kollege von der Kriminaltechnik entgegen.

„Gibt's etwas Neues?", wollte Maciag wissen und folgte ihm zurück in ihr Büro.

„Ja. Es ist kaum zu glauben, aber anscheinend wahr. Wir fanden im Atelier des Toten einen weiteren Rubens."

3. Szene

Der Galerist steht vor einem Bild. Von hinten kommen Polizist Quintus und Oberkommissarin Maciag auf ihn zu.

Maciag: Herr Benkert?

---

[1] Ort, an dem das Stück gelesen/gespielt wird, einsetzen

Galerist: *(zuckt zusammen und dreht sich erschrocken um)* Ja? Oh, Frau Kommissarin ...

Maciag: Herr Benkert, wir haben noch ein paar Fragen an Sie.

Galerist: *(unangenehm berührt, schaut ins Publikum, zieht die Kommissarin ein wenig von dort fort)* Bitte schön, hier, da können wir ungestört reden. Es muss ja nicht jeder Ausstellungsbesucher mitbekommen, dass ... *(kurze Pause)* Ich weiß nicht, in welcher Angelegenheit ich Ihnen noch weiterhelfen könnte?

Maciag: Es geht um Rubens.

Galerist: *(erstaunt)* Rubens?

Maciag: Sie haben doch eine Rubensausstellung, nicht wahr?

Galerist: Ähm, ja, eine kleine. Es gibt einen Raum, den wir zu Ehren des Malers seinen Gemälden widmen.

Maciag: Könnten Sie uns bitte diesen Ort zeigen?

Galerist: Natürlich. Folgen Sie mir.

(Je nach Gegebenheit, mit Publikum in einen anderen Raum gehen.)

Galerist: Hier sind wir. Wunderbar, finden Sie nicht?

Maciag: Ja, durchaus. Denken Sie nicht, dass für eine kleine Galerie wie diese ungewöhnlich viele teure Gemälde hier hängen?

Galerist: Im Prinzip haben Sie recht. Aber in diesem Fall handelt es sich um Rubens. Wie man von diesem Maler weiß, hat er mehr als sechshundert Gemälde eigenhändig gemalt. Abgesehen davon arbeiteten in seinem Atelier mehrere sogenannte Fachmaler, wie zum Beispiel Jan Bruegel, die nach Entwürfen und Skizzen des Meisters selbst Gemälde anfertigten. So brachten sie es zu mehr als zweitausend Stück! Da Rubens Aufträge aus dem ganzen europäischen Raum erhielt, wurden seine Werke, wie Sie sich denken können, dementsprechend verstreut. Immer wieder tauchen neue, unbekannte Bilder von ihm auf. Manchmal wissen die Besitzer heute nicht einmal, welchen Schatz sie an ihrer Wand hängen haben. *(er macht eine Pause, sieht sich versonnen um)* Wundern Sie sich also nicht über die kleine Auswahl, die hier hängt.

Maciag: Wie kommt es dann, dass für ein Gemälde von Rubens mehr als 76 Mio. US-Dollar gezahlt wurden?

Galerist:	Nun, das war *Das Massaker der Unschuldigen*. Eines seiner bekanntesten Werke. Außer diesem fällt keines seiner Gemälde mehr unter die zehn teuersten der Welt. Da stehen Namen wie Van Gogh und Picasso – beide mehrmals – ein Renoir, ein Cezanne und eben der eine Rubens.
Maciag:	Wir fanden im Atelier des verstorbenen T. T. ebenfalls einen Rubens.
Galerist:	Es ist mir vollkommen schleierhaft, wie er an den hat kommen können. Vielleicht hat er ihn ebenfalls gestohlen. Mittlerweile ist ja bekannt, dass er der Dieb war.
Maciag:	Und dass dieses Gemälde gefälscht ist?
Galerist:	Sie meinen jenes, das sie bei T. T. gefunden haben? Ich weiß es nicht, ich kenne es nicht. Diese hier sind auf alle Fälle Originale.
Maciag:	Woran erkennt man das?
Galerist:	Zuerst einmal an den Farben. Künstler arbeiten heutzutage nicht mehr mit den teuren Materialien wie zum Beispiel einst Rubens oder Cranach. Dann hat sich die Zusammensetzung der Bindemittel geändert. Auch Holz, Leinwand oder Papier, der sogenannte Maluntergrund, können Aufschluss über die Zeit geben, wann das Gemälde wirklich entstanden ist. Die Infrarot-Reflektografie ist eine weitere Möglichkeit, eine Fälschung zu entlarven. Dabei wird das Gemälde mit einem Infrarotlicht bestrahlt. Mit Hilfe einer Infrarotkamera kann man dann eventuelle Raster auf dem Untergrund des Gemäldes erkennen, die Fälscher oftmals anlegen, um eine genaue Kopie erstellen zu können. Diese Infrarot-Reflektografie wurde bei all diesen Gemälden angewandt.
Maciag:	Weshalb? Bestand schon einmal Grund zur Annahme, dass es sich hierbei um Fälschungen handeln könnte?
Galerist:	Nein. Jedes dieser Gemälde ist versichert. Die Versicherung hat zu ihrem eigenen Schutz die Bilder von einem ihrer Experten untersuchen lassen. *(denkt kurz nach)* Ich kann Ihnen gerne ein Zertifikat zeigen, das die Echtheit der Bilder garantiert. *(geht kurz ab – kommt gleich wieder)* Hier ist es. *(reicht das Papier Maciag)* Einen solchen „Garantieschein" erhält jeder Käufer eines Rubens.
Maciag:	*(liest sich das Geschriebene durch)* Darf ich mir das für ein paar Tage ausleihen?

Galerist:	Wenn es Ihnen hilft.
Maciag:	*(reicht das Papier dem Polizisten)* Danke. Ach, da fällt mir ein … Ich wollte Sie noch fragen, wie das so war mit Ihrer Beziehung zu Herrn Tremel.
Galerist:	Welche Beziehung?
Maciag:	Die geschäftliche? Die private?
Galerist:	Wir haben nur geschäftlich verkehrt.
Maciag:	Das wäre ein überaus großer Zufall. Wie wir herausgefunden haben, wuchsen Sie im gleichen Dorf auf. Sie studierten an der gleichen Universität und zogen schließlich beide hierher nach Leipzig[2]. Sie können mir nicht erklären, dass das Zufall ist!
Galerist:	*(windet sich ein wenig)* Nun … naja … ja … gut, Sie haben recht. Wir kennen uns von Kindheit an. Teilten schon früh unsere Vorliebe zur Kunst. Ich habe schon bald eingesehen, dass ich besser als Galerist aufgehoben bin, Thomas hingegen wollte das Malen nicht sein lassen. Leider hatte er damit nicht den entsprechenden Erfolg. Nun, sein Stil ist … war … ein wenig … unbestimmt. Genauer gesagt, er hatte keinen eigenen Stil. Ich wollte ihn fördern, deswegen machte ich auch die Ausstellung mit ihm. Damit es nicht nach Vitamin B aussah, haben wir beschlossen, uns offiziell nicht zu kennen. *(kurze Pause, Atem holen)* Das ist alles.
Maciag:	Wir werden das überprüfen. Ich hoffe, Sie haben uns dieses Mal nicht belogen.

(Maciag und Quintus ab; Galerist wendet sich vom Publikum ab)

---

[2] Ort, an dem das Stück gelesen/gespielt wird, einsetzen

4. Kapitel

Eines Nachmittags ist er zu mir gekommen. Die Augen rot umrandet, der Blick fiebrig, unnatürlich glänzend. Ich erinnere mich genau an ihn. Die Ärmel hat er hinauf gekrempelt, sein Haar ist zerzaust, er ist nicht mehr Rubens. Eher erinnert er mich an Van Gogh. An Van Gogh, den armen Mann, der Zeit seines Lebens gegen Depressionen angekämpft hat, die ihn langsam von innen aufgefressen haben – die ihn verrückt machten. So sieht er aus. In seinem Blick schimmert das intensive Verlangen eines Drogensüchtigen. Auf diese Weise kommt er zu mir, stützt sich vor mir auf dem Schreibtisch ab, ist nun mit mir auf Augenhöhe.

„Ich brauche diese Farbe", keucht er, als würde sein Leben davon abhängen.

„Welche Farbe?", frage ich und denke bei mir, dass er den Verstand verloren hat.

„Purpura Lapillus!"

Ich starre ihn an, kann nicht glauben, was er soeben gesagt hat.

„Jetzt drehst du durch", stelle ich fest und versuche ruhig zu bleiben. „Das ist vollkommen unmöglich! Wie viel kostet ein Viertelgramm von dem Zeug? Das gibt's nicht unter dreihundert Euro!"

„Fünfhundert", verbessert er mich und packt mich an den Handgelenken, dass es schmerzt. „Ich *muss* diese Farbe haben! Hörst du? Ich *muss* sie haben!"

Ich versuche mich aus der Umklammerung zu lösen.

„Wie viele Schnecken müssen ihren Drüsensaft und ihr Leben für ein Gramm von diesem Purpur lassen?"

Er hält mich noch immer wie ein Ertrinkender umklammert.

„Achttausend", antwortet er beiläufig, dafür drückt er umso fester zu. „Ich brauche diese Farbe, hörst du! Ich brauche sie! All mein Leben, all mein Schaffen, alles wäre nichtig ohne Purpura Lapillus. Nichts hätte mehr einen Sinn!"

Ich sehe die Verzweiflung in seinen Augen.

„Schon gut", sage ich ein wenig sanfter, „schon gut!"

Der Druck seiner Hände lässt nach und ich reibe mir die Handgelenke.

„Wie viel von dem Zeug brauchst du?"

„Mindestens zwei Gramm!"

„Das kann nicht wahr sein! Zwei Gramm reichen doch für mehr als einen Quadratmeter! Willst du dein Zimmer damit ausmalen?"

„Für zwei Quadratmeter", verbessert er mich ein weiteres Mal. „Sei nicht sarkastisch!"

Ich will es nicht glauben und schüttle verständnislos den Kopf. Zwei Gramm bedeuten 4000 Euro!

„Es ist für mein Lebenswerk. Der Höhepunkt meines Schaffens!"

„Ich hoffe, der heißt nicht Schöps", kann ich mir nicht verkneifen einzuwerfen und erhalte dafür einen feindseligen Blick.

„Beruhige dich", möchte ich ihn beschwichtigen, „ich werde dir helfen!"

PAUSE

Oberkommissarin Maciag lehnte am Fenster ihres kleinen Büros und starrte auf das Zertifikat.

„Wir sollten nur für den Fall der Fälle die auf diesem Schreiben befindlichen Fingerabdrücke sicherstellen", meinte sie nach einer Weile.

„Warte!" Polizist Quintus beugte sich eifrig vor und ignorierte den fragenden Blick seiner Chefin. „Halte das Papier noch einmal so wie eben."

Maciag bemühte sich, seiner Bitte nachzukommen.

„Noch ein wenig höher!"

Sie hob das Zertifikat noch ein bisschen an, dann sah sie es selbst.

„Die Flügelchen! Das gleiche Wasserzeichen, wie es dem Papier des Abschiedsbriefes zu eigen war! Georg! Das ist genial!"

Voller Begeisterung ballte sie die Hände zu Fäusten und zog sie in Richtung Knie, das sie ein wenig anhob. Sie fühlte sich, als hätten sie und ihre Mannschaft soeben ein Tor geschossen.

„Wir müssen herausfinden, welche Firma dieses Wasserzeichen verwendet. Klemm' dich dahinter!"

Der Polizist erhob sich.

„Bevor du gehst", hielt die Kommissarin ihn zurück, „sag mir, ob du es so siehst wie ich. Es war kein Selbstmord, sondern Mord!"

Quintus nickte bestätigend.

„Bei der Sache passt zu Vieles zu gut und zu Vieles überhaupt nicht. Ein eindeutiger Hinweis auf ein Gewaltverbrechen."

Damit verließ er das Büro.

4. Szene

Grimm: Mittlerweile hat die Polizei festgestellt, dass der Rubens in T. T. s Wohnung gefälscht ist. *(blickt Galerist vielsagend an)* Das hat sich bis zu meinem Chef durchgesprochen. *(blickt den Galerist noch vielsagender an)* Sie können sich denken, was das heißt. Bis zu Ihrer Galerie ist es nur ein Katzensprung.

Galerist: Hören Sie, Sie müssen versuchen ...

Grimm: Gar nichts muss ich! Im Gegenteil, jetzt gilt es Maßnahmen zu ergreifen, die den Schaden so gering wie möglich halten!

Galerist: Nur zu! Was schlagen Sie vor?

Grimm: Ich werde meiner Versicherung nahe legen, die Bilder zur Sicherheit mit weiteren Methoden zu überprüfen.

Galerist: Wie bitte? *(hält kurz inne, wird zornig)* Ich sage Ihnen eines, Herr Grimm, wenn ich falle, dann ziehe ich Sie mit! Darauf können Sie sich verlassen! Ihretwegen sind wir jetzt an diesem Punkt angelangt! Ihretwegen und T. T.'s wegen., diesem Rubens-Fanatiker!

Grimm: Sie wollen mir drohen? *Sie* wollen mir drohen? *Sie* wollen *mir* tatsächlich drohen? Ich werde es schon so aussehen lassen, dass kein Verdacht auf mich fällt, das können Sie mir glauben. In Ihrer Position wäre ich sehr leise und würde nicht auch noch große Töne spucken!

Galerist: Sie sind um nichts besser als all die Kunsträuber! Um nichts!

Grimm: *(ebenfalls wütend)* Jetzt hören Sie mir genau zu, Herr Benkert, *ich* bin mehr als erzürnt über die Art, wie die ganze Sache gelaufen ist! *Ich* bin der Einzige hier, der ein Recht darauf hat, wütend zu sein! Wissen Sie, was dieser Fauxpas mit Ihrem Künstler, den Sie anscheinend nicht unter Kontrolle halten konnten, möglicherweise für mich und meine Karriere bedeutet? *(spuckt die Worte geradezu aus)* Können Sie das in Ihr Hirn bekommen?

Galerist: Jetzt wollen Sie *mir* die Schuld in die Schuhe schieben? *(ein wenig hysterisch)* Wenn es Sie nicht gäbe, wäre T. T. noch am Leben!

Als wir Jugendliche waren, hatten wir eine etwas eigenartige Angewohnheit, mit Niederlagen umzugehen. Es kommt mir vor wie gestern, wenn er vor mir steht und sich über etwas ärgert oder tiefe Enttäuschung seine Gesichtszüge zerfließen lässt. Es ist wie früher. Nur, dass er damals Tränen in den Augen hatte. Ich reiche ihm Stift und Papier – wenn ich der Armselige war, machten wir es umgekehrt – er setzt sich an den Tisch und beginnt zu schreiben. Es ist ein Abschiedsbrief an diese ungerechte Welt, ein Abschiedsbrief voll Seelenschmerz, geschrieben mit Herzblut. Ein Lebwohl, ein Ade, Abschied für immer. Nachdem er seinen Namen schwungvoll unter die Nachricht gesetzt hat, geht es ihm besser und ein Lächeln blitzt unter dem Tränenschleier hervor. Denn auf dem Papier ist er soeben gestorben, er schält sich als neuer Mensch unter der Trauer, der Wut hervor, dann ist er wieder bereit, um nach dem Pinsel zu greifen und sich auf die Kunst einzulassen. Nur ich starre auf die Zeilen: „Leb wohl, Welt, die in ihrer Farbenpracht erstrahlt, wie es die Kunst niemals kann, leb wohl, du feiner Schwung eines Grashalmes, der du dich im Wind biegst, wie es eine Skulptur niemals vermag. Denn alles ist nur eine Interpretation, eine Kopie von dir, Natur, nichts kommt aus uns. Nichts kommt aus mir, deshalb leb wohl!" Und während er schon wieder malt, bin ich noch gefangen zwischen seinen Worten und will nichts anderes, als mich in ihnen auflösen.

„Der Rubens, den der Anwalt an uns weitergeleitet hat, ist ein Original, wie zwei unabhängige Kunstexperten bestätigt haben", berichtete Maciag ihrem Kollegen Quintus. „Wohingegen – wie wir seit gestern wissen – der Rubens aus Tremels Atelier gefälscht ist. Kannst du mir erklären, weshalb der Maler den echten an den Anwalt geschickt hat?"

Der Polizist schüttelte den Kopf.

„Vielleicht hat er vor etwas Angst gehabt", meinte er nach einer Weile.

„Oder vor jemandem", führte Maciag den Gedankengang weiter.

„Vielleicht vor dem Mörder?", fragte Quintus.

„Aber wenn er damit gerechnet hat, umgebracht zu werden – weshalb ist er dann nicht zur Polizei gegangen?"

Quintus zuckte ratlos die Achseln, beobachtete Maciag dabei, wie sie sich den Kopf zerbrach und sagte dann nach wenigen Minuten: „Weshalb ich eigentlich gekommen bin: Ich habe die Papierfabrik ausfindig gemacht, die dieses Wasserzeichen verwendet hat."

Die Oberkommissarin lenkte sofort ihre ganze Aufmerksamkeit auf ihr Gegenüber.

„Und was ist dabei herausgekommen?"

„Rate mal."

„Ich hab jetzt nicht die Nerven für eine kleine Dingsdarunde! Raus mit der Sprache!"

„Die Papierfabrik stand am Rand der nächsten größeren Stadt im Umkreis des Heimatdorfes unserer beiden Freunde, Herrn Benkert und dem Verstorbenen Herrn Tremel."

„Was du nicht sagst!"

„Ja, und was noch erstaunlicher ist, sie ist seit mehr als acht Jahren geschlossen!"

Maciag, die bis zu diesem Augenblick im Büro auf und ab gegangen war, ließ sich auf ihren Stuhl fallen.

„Was sagst du dazu?"

„Es würde mich wundern, wenn nicht beide Papierbögen einmal mit Herrn Benkert in Berührung gekommen sind. Oder mit diesem Versicherungsmann, der gestern hier war. Dem Experten, du weißt, wen ich meine?"

„Ja. Natürlich hat er zumindest das Zertifikat in Händen gehalten", meinte der Polizist. „Er hat es schließlich unterschrieben."

Maciag sprang wieder auf und setzte ihren Tigergang fort.

„Dieser Grimm", fragte sie nach einiger Zeit, „dieser Grimm, woher stammt der eigentlich?"

5. Szene

Galerist: *(geht wie verrückt auf und ab)* Er war es, er war es, er hat ihn umgebracht ... *(fährt herum)* Ein Albtraum, ein Albtraum ... ich hätte das niemals tun dürfen! Niemals! *(bleibt abrupt stehen, zieht eine verzweifelte Grimasse)* Aber du wolltest es doch ... ich hab dich gewarnt, dass etwas passieren würde ... *(fährt sich durch die Haare, seufzt, geht wieder auf und ab)* Ich hätte nicht gehen dürfen ... wie dumm, wie dumm! Was soll ich jetzt nur machen? *(bleibt stehen, blickt das Publikum an)* Oh, ich habe ganz vergessen, dass Sie hier sind ... Sie möchten die Gemälde sehen? Gerne. Wie gefällt Ihnen dieses Bild, das hier mit der Krähe? Als hätte der Künstler gewusst, dass er nicht mehr lange zu leben hatte, als er es malte ...

Komisch nicht, manchmal scheint es, als würde der Tod uns auf die letzte Stunde vorbereiten, uns sozusagen noch die Gelegenheit geben, Dinge zu regeln ... Es heißt *Die singende Krähe*, das Gemälde, meine ich. Er hätte es auch *Der nahe Tod* nennen können. Oder einfach nur *Unheil*. Aber er hat sich wohl, als er dieses Bild malte, dem Symbolismus hingegeben, den Krähen im Winter, wenn die Natur scheinbar gestorben ist. *(kurze Pause)* Sie möchten weitere Bilder des Künstlers sehen? Es tut mir leid, dass ich Sie enttäuschen muss, doch außer diesem Gemälde, stellen wir im Moment keine anderen des Malers aus. Woran er gearbeitet hat, bevor er starb, interessiert Sie? *(lächelt ein wenig)* Nun, Sie fragen viel. Ich bin zwar nur ein Galerist, doch ich weiß es zufällig. T. T. war ein Freund, ein besonderer Freund meiner Wenigkeit. Er wollte ein Selbstbildnis auf einem 2,5 × 1,5 Meter breiten Segeltuch malen. In seiner vollen Größe wollte er mit dem Rücken leicht schräg zu dem Betrachter stehen und diesen über die Schulter hinweg ansehen, einen Umhang tragend, der das ganze untere Drittel einnehmen sollte in der Farbe der Könige: Purpura Lapillus. *(Pause)* Ja, Sie haben recht, sein Stil war nicht der klarste. Seine Bildkompositionen nicht die künstlerischsten, eher langweilig. Aber seine Farben ... seine Farben waren brillanter, als Sie sie jemals gesehen haben!

6. Kapitel

Er ist aufgeregt, er sieht mich an. Flehentlich. Seine bunten Finger heben sich zu seinem Kopf, er fährt sich durchs schwarze Haar, hinterlässt farbige Spuren. Smaragdgrüner Malachit schimmert auf dem dunklen Untergrund. Nun hat er sich selbst zu einem Gemälde gemacht.

Er hat Rubens gemalt. Und wieder Rubens gemalt. Den gleichen nocheinmal. Drei identische Rubens stehen vor mir, nur einer ist echt.

„Ich kann ihn dir nicht geben", sagt er. „Ich *kann* einfach nicht."

Wir diskutieren seit einer halben Stunde, dabei betont er immer wieder, dass es ihm einfach unmöglich ist, sich von dem echten Rubens zu trennen.

„Gib ihm eine Fälschung, ich *bitte* dich", fleht er, „eine Fälschung. Komm, sag, dass du es tun wirst, du wirst ihm meinen Rubens geben, ja?"

Ich schüttle den Kopf.

„Du weißt, dass er es merken würde und du weißt, welche Folgen es hätte, wenn wir uns nicht an unsere Vereinbarung hielten."

„Und du weißt, was er mir bedeutet, du weißt es!", dringt er verzweifelt in mich. „Es ist mein erster Original Rubens, den ich *berührt* habe. *Berührt!* Verstehst du? Ich habe die gleiche Farbe berührt, die auch er sich von den Fingern gewischt hat!"

„Ich weiß."

„Ich *kann* ihn nicht hergeben!"

„Du musst!", beharre ich und werde langsam ein wenig ungeduldig. „Oder willst du, dass er mich auffliegen lässt? Uns?"

„Es ist mir egal. Das interessiert mich nicht! Alles, was zählt, ist Rubens. Nichts anderes. Es gibt nichts Anderes!"

„Du bist völlig übergeschnappt, weißt du das?"

„Egal. Von mir aus, dann bin ich übergeschnappt, wenn du meinst. Das ändert trotzdem nichts!"

Ich fühle die Wut meine Gurgel umklammern, bekomme kaum noch Luft.

„Hör mir gut zu", drohe ich mit gesenkter Stimme, „ich werde jetzt gehen und du wirst dich beruhigen. In zwei Tagen komme ich wieder und dann hole ich ihn, verstanden? Da kannst du machen, was du willst, ich werde ihn mitnehmen! Von dir lasse ich mir mein Geschäft nicht ruinieren! Die Galerie ist alles, was ich habe!"

Und dann stürze ich aus dem Raum, lasse ihn hinter mir zurück. Nur einmal noch drehe ich mich um. Er steht mit hängenden Schultern in der Mitte des

Zimmers, sein Kopf ist gesenkt. Bevor ich die Tür hinter mir zuknalle, höre ich einen unterdrückten Laut. Ich habe ihn seit Jahren nicht mehr weinen sehen.

„Zwei Neuigkeiten", freute sich Quintus und setzte sich vor Maciags Schreibtisch. „Erstens: Grimm stammt genau aus der Stadt, in der besagte Papierfabrik sämtliche Einrichtungen mit Zellulose versorgte, aber das muss nichts heißen. Zweitens: Wie wir aus mehreren Aufzeichnungen des Toten erkennen konnten, änderte er die Schreibweise des kleinen *a* vor ungefähr zwanzig Jahren. Da muss er zwischen fünfzehn und achtzehn Jahre alt gewesen. Das heißt, liebe Noreen, der Abschiedsbrief ist mindestens fünfzehn Jahre alt!"

„Meine Güte", murmelte die Oberkommissarin, „das passt zusammen. Das Papier, das seit acht Jahren nicht mehr produziert wird, die veränderte Schrift, die fehlenden Fingerabdrücke, der gefälschte Rubens und die Fingerabdrücke darauf."

Sie griff nach ihrer schweren Lederjacke.

„Gehen wir, Georg!"

6. Szene

Galerist: Sie haben alle Rubens mitgenommen. Wie konnten Sie nur?

Grimm: Wie gesagt, jetzt geht es um mein Fell, da kann ich mich nicht auch noch um Ihres kümmern.

Galerist: *(leise)* Ich war mir nie sicher, aber Sie waren es, oder? Sie haben T. T. getötet.

Grimm: So ein Unsinn, das hat er schon alleine gemacht.

Galerist: *(wendet sich ab)* Es hat alles keinen Sinn mehr. Ich habe alles verloren.

Maciag und Quintus betreten den Raum.

Maciag: So ein günstiger Zufall, dass wir Sie beide hier antreffen!

(Grimm und Galerist fahren herum; Licht aus)

7. Kapitel

Ich sehe ihn vor mir, als er mir die Tür öffnet. Er wirkt ruhiger nach unserem Streit, lässt mich herein. Zum Glück ist es wärmer als im Freien. Ich drücke ihm eine Weinflasche in die Hand, lege Mantel und Schal ab, schlüpfe aus den Handschuhen.

„Mach ihn schon einmal auf", sage ich. „Er wird dir helfen, dich von dem Gemälde zu trennen."

Er schweigt, verschwindet in die Küche. Ich höre ihn hantieren, dann das Klirren von Gläsern. Langsam lasse ich mich auf einen Armsessel sinken, er gesellt sich zu mir. Die Stimmung wirkt filigran wie eine Seifenblase oder ein ganz, ganz dünnes Glas. Ich weiß, dass er es spürt, er ist Künstler. Ich krame in meiner Tasche und lege einen alten Abschiedsbrief vor ihn hin.

„Ich habe ihn gefunden", sage ich, „vielleicht solltest du wieder einen schreiben. Dann fällt dir der Abschied von Rubens leichter."

„Ich werde keinen Abschiedsbrief schreiben", erwidert er bestimmt.

Ich zucke mit den Schultern und beobachte, wie er uns einschenkt. „Zeig mir den Rubens, wo hast du ihn?"

Er steht auf, geht vor mir ins Atelier. Ich nütze den Augenblick und lasse zwei Tabletten mit Schlafmittel in den Wein fallen, die ich lose in meiner Tasche getragen habe.

Dann bin ich schon bei ihm. Er deutet auf ein Gemälde, er kann mich nicht täuschen. Ich weiß, dass dies Werk von seinen Händen stammt.

Auf der Staffelei steht ein halbfertiges Bild.

„Ist das Schöps?", will ich wissen, er nickt.

„Sie ist viel zu dünn", meint er, „ich muss sie ein wenig ausfüllen. Rubens hatte mehr Glück mit seinen Modellen."

Wir lächeln einander an.

„Gehen wir wieder hinüber", sage ich.

Er trinkt von dem Wein.

„Der beste ist das nicht", stellt er fest, „korkt ein bisschen."

„Tut mir leid", sage ich. „Ich war überzeugt, dass es ein Qualitätswein ist. Man sollte Wein halt nicht im Supermarkt kaufen."

„Mit dem Wein ist es wie mit einem Gemälde", erörtert er, „wenn du einen guten willst, musst du direkt zum Fachmann gehen. Zum Weinbauern oder zum Maler."

Er gähnt und schenkt sich noch ein Glas ein. Ich habe meines bis jetzt nicht angerührt.

„Ich muss mal schnell", entschuldigt er sich und erhebt sich. „So ein Harndrang aber auch!"

Diesmal lasse ich vier Tabletten ins Glas fallen. Sein Gang ist ein wenig schleppend, als er zurück kommt, setzt sich, trinkt wieder.

„Wie kommt es, dass der Wein mit jedem Glas schlechter schmeckt?", fragt er, ich zucke die Achseln.

„Du bist einfach ein wenig angestrengt", meine ich und sehe zu, wie er ein weiteres Mal gähnt.

„Komm, trink noch ein Glas, dann kannst du mir das Original zeigen."

„Woran hast du erkannt, dass der Rubens nicht echt ist?"

„Er ist echt, du bist doch Rubens, oder?"

Er lächelt.

„Ja, ja, das bin ich."

Wieder füllt er sein Glas.

„Du hast ja deinen Wein noch gar nicht angerührt", stellt er fest, schon ein wenig undeutlich.

Er sinkt zurück, schließt kurz die Augen. Ich nutze den Moment und wieder mischen sich vier Tabletten mit dem Wein.

„Was ist denn das Komische, das da im Wein herumschwimmt?", will er wissen, als er die Augen wieder öffnet.

„Tritt nur auf meiner offenen Wunde herum", necke ich ihn. „Kork wahrscheinlich."

Er gluckst, greift nach dem Getränk, schüttet es hinunter.

„Mir wird wirklich viel leichter", gesteht er, „aber ich kann dir den echten Rubens heute nicht geben."

„Jaja", sage ich und warte, dass er einschläft. Einige Minuten bleibe ich still sitzen, nur zur Sicherheit, dass er nicht aufwacht. Dann stehe ich auf und möchte gerade in sein Atelier gehen, um in Ruhe nach dem echten Rubens zu suchen, als sich seine Atmung verändert. Er liegt auf dem Sofa und zuckt krampfartig. Was habe ich getan?, schießt es mir durch den Kopf. Was habe ich getan?

Die Apotheke um die Ecke ist meine einzige Rettung, dort möchte ich ein Brechmittel erstehen. Als ich nach dem Mantel greife, fallen in meiner Hektik die Tablettenhüllen auf den Boden. Ich bemerke es nebenbei – es ist unwichtig – stürze aus der Wohnung, deren Tür ich offen lasse, damit ich sofort wieder hinein kann, wenn ich zurückkomme. Alles um mich herum verschwimmt, während ich die Treppe hinabeile, ich habe ihn doch nicht etwa umgebracht!

7. Szene

Maciag: *(Stimme aus der Dunkelheit)* Diesen Moment haben Sie genutzt, Herr Grimm, nicht wahr?

Grimm: *(Stimme aus der Dunkelheit)* Wozu genutzt?

Maciag: Um in die Wohnung zu gehen.

Grimm: Ich war niemals in der Wohnung des Toten.

Maciag: Sie waren sehr wohl dort. Wir fanden Ihre Fingerabdrücke.

Grimm: Das ist vollkommen unmöglich!

Maciag: Sie waren gut. Fast hätten wir Ihre Spur übersehen.

Grimm: Welche Spur?

Maciag: Nachdem Sie sich in die Wohnung geschlichen haben und T.T. schlafend vorfanden, setzten Sie Ihren Plan, den Maler zu töten, in die Tat um. Sie gaben ihm in die eine Hand das Messer, nahmen es wieder an sich, schnitten ihm die Pulsadern auf und legten die leeren Tablettenblister neben das Glas. Dann haben Sie das Messer einfach fallen gelassen, sind in sein Atelier gegangen. Dort stand ein Rubens auf dem Boden. Sie konnten nicht widerstehen, an Ort und Stelle zu überprüfen, ob es sich um eine Fälschung handelte, zogen die Handschuhe aus und strichen sanft über die Farbe und die Leinwand. Sie kannten T.T.s Fälschungen aus der Galerie genau und wussten, wie sich die Leinwand anfühlte, auf der er malte. So entlarvten Sie das Bild augenblicklich als Fälschung. Doch Sie hatten keine Zeit mehr weiterzusuchen, denn Sie hörten Schritte, die sich der Wohnungstür näherten.

Grimm: Benkert versprach mir einen Rubens, wenn ich T.T.s Fälschungen Echtheitszertifikate ausstellte. T.T. ist mir in die Quere gekommen. Er hätte mir das Bild aushändigen müssen, wie wir es vereinbart hatten!

Ich sehe ihn vor mir, als er auf dem Sofa sitzt. Er hat ein neues Bild gemalt. Blutrot ist es. Ich ziehe meine Handschuhe an, ohne zu wissen, was ich tue – den Mantel.

Zu spät. Ich habe ihn getötet. Ich hätte ihn nicht so drängen dürfen, hätte ihm den Rubens lassen sollen. War sein Leben nicht mehr wert als meine Galerie? Er hat sich meinetwegen umgebracht. Der Abschiedsbrief liegt neben ihm.

Ich wollte ihn doch nur betäuben. Er hat mich wohl getäuscht, sich schlafend gestellt, mir die Krämpfe vorgespielt, sodass ich seine Wohnung eilig verließ, um dann in Ruhe nach dem Messer zu greifen. Ich sollte ihn finden.

Leser und Galerist gleichzeitig: Er hat ein neues Bild gemalt.

(Es bleibt ganz dunkel)

Galerist: Es ist ein Original.

(Es wird ein wenig heller. Galerist sitzt auf einem Sessel. Im Hintergrund stehen Maciag und Quintus mit verschränkten Armen.)

Galerist: Ich sehe ihn neben mir über die sattgrünen Hügel laufen, die sich hinter unserem Dorf sanft durch die Landschaft wellen. Ich sehe sein lachendes Gesicht, hell vor dem dunkelblauen Himmel eines späten Sommertages. Das ist seine Geschichte. Mehr gibt es dazu nicht zu sagen.

(Licht aus)

ENDE

Partien/Namen „Rubens"

Wiggo Benkert:	Mann zwischen 37 und 40 Jahren (Galerist)
Noreen Maciag:	Frau ca. 33 Jahre alt (Oberkommissarin)
Georg Quintus:	Mann zwischen 26 und 30 Jahren (Polizist)
Herr Grimm:	Mann über 45 (Kunstexperte der Versicherung)
Erzähler:	Mann

Mondscheinsonate

Onevening Book

Der Raum in dem das Publikum sitzt, ist dunkel. Einzig der Tisch des Vorlesers wird mit einer Leselampe erhellt.

Es begann plötzlich. Von einem Tag auf den anderen, von einer Sekunde zur nächsten. Unerwartet und schmerzhaft. Ein Kreischen so schrill, dass es einem die Härchen auf den Unterarmen aufstellte. Ein Misston so anders als die Geräusche dieser Welt, der einen schaudern ließ. Bis zu den Fasern meines Herzens, ein Gefühl, als hätte man sich den Ellenbogen angeschlagen – noch verstärkt, tausendfach verstärkt.

Dann hörte ich seine Schritte. Die Absätze seiner schweren Lederstiefel hallten kalt von den Wänden wider, als er den Gang entlang schritt. Langsam, unaufhaltsam, furchtlos. Der Geruch seiner glühenden Pfeife kroch unter der Türritze herein in das Zimmer, griff nach meinen Fesseln, zog sich mit gichtigen Krallen an meinem Kleid hoch, bis er meine Nase gefunden hatte, sie aufreizend kitzelte und reizte, bis ich niesen musste. Ich konnte nicht anders, immer wenn ich den Tabak seiner Pfeife roch, zerriss es mich von innen heraus und ich konnte oftmals nur mehr in letzter Sekunde meine Hand vor den Mund schlagen und auf diese Weise versuchen, jenen Drang zu unterdrücken.

Nun erklomm er gemessenen Schrittes die Stufen in den nächsten Stock, seine Anwesenheit löste sich langsam auf wie auch sein Duft, der stets länger im Raum stand als sein Verursacher – manchmal sogar noch Stunden später in der Luft hing.

Nach zwei weiteren Minuten hörte das Kreischen, das keinen menschlichen Ursprung haben konnte, auf, verstummte. Plötzlich war es still. Auf eine Art still, die einen frösteln ließ. Eine lauernde Stille, die mit jeder Sekunde, die verstrich, explodieren konnte, ohne auch nur eine Fensterscheibe vibrieren zu lassen.

Unwillkürlich hielt ich den Atem an und lauschte. Doch kein Laut verirrte sich zu mir, einzig der Schnee rieselte vor den Fenstern in tanzenden Bahnen vorbei, um sich als federne Decke über die Umrisse der Natur zu legen und die Welt für den Betrachter weicher zu malen, ihr die Härte zu nehmen und Konturen verschwimmen zu lassen.

Obwohl es bereits dunkel war, erhellte das gefallene Weiß die Nacht und ich konnte die spärlichen Einrichtungsgegenstände des Raumes einwandfrei erkennen. Auch Thereses Gesicht, das rund und bleich in meine Richtung gedreht erstarrt war, hob sich deutlich von der Dunkelheit ab.

In diesem Moment spürte ich die Kälte, die von meinen Gliedern Besitz ergriffen hatte und fröstelte. Schnell zog ich die Decke, die ich über meine Schultern gelegt hatte, enger um mich und tapste auf leisen Sohlen zu meinem Bett zurück. Thereses Augen folgten mir, sonst bewegte sie sich nicht.

Nachdem ich mich auf dem harten Lager niedergelassen hatte, suchte ich den Blick meines Gegenübers.

„Was, bei der Heiligen Mutter Gottes, war das?", flüsterte sie und ich verstand ihre Worte kaum.

Mit panisch verzerrtem Mund schlug sie ein Kreuz und ich biss meine Zähne aufeinander, damit sie nicht zu klappern begannen, ob vor Angst oder Kälte sei dahingestellt.

Noch immer war es still. Ich zuckte die Achseln, langsam kehrte Leben in meinen Körper zurück. Auch Therese beendete ihre büstenhafte Starre und fuhr sich mit den Händen abwechselnd über ihre Unterarme.

„Ob es die anderen auch gehört haben?", fragte sie, nun schon ein wenig lauter. „Glaubst du, der gnädige Herr persönlich ist der Sache auf den Grund gegangen?"

Wieder hob ich ratlos die Schultern.

„Das war doch kaum zu überhören", meinte ich und beobachtete den kalten Hauch, der sich mit meinen Worten vermischte und an den Scheiben niederschlug. Es war zum Gotterbarmen kalt in dieser Nacht.

„Vielleicht ist die schwarze Grete zurückge...", begann sie, doch ich wehrte mit einer schnellen Handbewegung ab.

„Sprich nicht von ihr!", zischte ich. „Du weißt, was passiert, wenn ..."

Wir starrten einander angsterfüllt an.

Die schwarze Grete, dachte ich voll Schrecken, kehrt stets kurz vor Weihnachten in das Haus ihrer Pein zurück.

Und nun war genau diese düstere Zeit angebrochen, in der die Seelen auf Wanderschaft gingen.

Noch einmal warf ich einen entsetzten Blick zu Therese, dann ließ ich mich auf die Matratze fallen und zog die Decke über meinen Kopf. Wenn dieser Geist tatsächlich sein Unwesen innerhalb dieser Mauern trieb, würde keiner vor ihm sicher sein. Ich wälzte mich unruhig von einer Seite auf die andere, meine Ohren gespitzt, um jeden Laut aufzunehmen. Doch das einzige Geräusch, das in dieser Nacht die Stille durchbrach, waren seine Schritte, die zurückkehrten, sich mir näherten, um sich wieder zu entfernen und einen weiteren Stock hinabzusteigen. In dieser Nacht lag ich lange wach.

Die Stumme Lise kniete am darauf folgenden Morgen nicht wie üblich auf dem Steinboden – einen Eimer Seifenlauge neben sich, einen Schrubber in der schwieligen Hand – und bearbeitete dessen Oberfläche mit konzentrierter Inbrunst. Stattdessen glänzte der Belag matt, etwas Straßenstaub lag verstreut. Seit ich in diesem Haus in Stellung war, konnte ich mich nicht an einen einzigen Tag erinnern, an dem der Boden nicht gesäubert worden war.

Die Herrschaft, die über eine beträchtliche Anzahl an Dienstboten verfügte – darunter auch mich – blickte dem nahen Jahrhundertwechsel mit Gelassenheit entgegen. Der Wohlstand war gesichert, man erwartete beträchtliche Gewinne im nächsten Geschäftsjahr. Das Ende des 19. Jahrhunderts war eine sorgenfreie Zeit für die oberen Schichten der Gesellschaft, von der ein verschmutzter Boden schlimmer als eine persönliche Beleidigung angesehen wurde, als tragischer Gipfel des Ärgernisses, als eine Bekundung des Neides auf Reichtum und Unbekümmertheit von seiten des Personals. Lange Tiraden folgten stets einem Versäumnis dieser Art, meisterhaft vorgetragen von der Hausherrin, der wir nicht einmal das Gesicht zuwenden durften, sondern stumpf die Wand anstarren mussten, während sie uns rügte – bis aufs Äußerste erzürnt.

Bis jetzt jedoch war es ruhig. Vielleicht hatte die gnädige Dame die Nachlässigkeit der Untergebenen auch noch nicht festgestellt – sicherlich lag sie noch in tiefem Schlaf.

Aus der Küche drang schon das Klappern der Kochtöpfe, vermischt mit dem leisen Wischgeräusch, das beim Schwärzen des Ofens entstand. Ein leises Quietschen stahl sich unter der Tür durch, als die Hitze mit einem Schieber zurückgeregelt wurde, damit das herrschaftliche Mahl nicht verbrannte. Obwohl mir dieses Morgenlied vertraut war und mir eine gewisse Sicherheit schenkte, schien es mir, als klänge es anders als die Tage zuvor, als die Wochen zuvor, als das letzte Jahr. Irgendetwas war anders. Seit der letzten Nacht. Seit dem Kreischen zu später Stunde.

Auch ich hatte mich verändert. War ich zuvor stets achtlos durch die zahlreichen Schattenpfützen der Dämmerung geeilt, hatte ich sie heute gemieden und unsicher versucht, Gegenstände von der Dunkelheit zu trennen, eine mögliche Bewegung auszumachen, um vor der Schwarzen Grete rechtzeitig ausweichen und fliehen zu können.

Nun war ich geradezu erleichtert, die Küchentür aufstoßen und in das warme Licht eintauchen zu können, den düsteren Gängen, den dunklen Winkeln, dem unheimlichen Knarren der Holzwände, dem rhythmischen Schlagen der Äste gegen die Außenmauer, aufgepeitscht vom heulenden Winterwind, zu entkommen. Und vielleicht auch einem Geist, der sich nun für an ihm begangenen Grausamkeiten rächen wollte.

Zu meiner Überraschung entdeckte ich die Stumme Lise in einer Ecke, die gerade damit beschäftigt war, eine Seifenlauge anzurühren, mit der sie sämtlichem Schmutz den Garaus machen würde. Sie war mit ihrer Arbeit eindeutig in Verzug und doch rührte sie in ihrem Eimer mit einer Ruhe, die mich erstaunte. Stierte mit dumpfem Blick in die dicke Flüssigkeit, ohne den Kopf bei meinem Eintreten zu heben. Sie war dumm. Das wusste jeder in diesem Haus, deswegen sprach auch niemand mit ihr. Sollte es doch einmal einer versuchen, musste er bald einsehen, dass es verlorene Liebesmühe war. Er bekam ja doch keine Antwort.

Die Köchin hatte mir erzählt – und die hatte es wiederum von der Hauswirtschafterin –, dass der Herr der stummen Frau keinen Lohn zahlte, ihr jedoch für ihre Arbeit Kost und Logis gewährte. Ich bin davon überzeugt, dass sie nirgendwo sonst eine Stellung gefunden hätte und froh war, ein Dach über dem Kopf zu haben und Essen zu bekommen. Eigentlich hatte ich mir über sie bisher keine Gedanken gemacht, doch an diesem Tag benahm sie sich derart anders als jemals zuvor – obwohl sie es auch wiederum nicht tat und ihrer Arbeit nachging wie sonst auch, nur eben verspätet –, sodass sie meinen Geist beschäftigte. Gerade griff sie nach einem Putzlappen und tauchte ihn in die heiße Brühe. Dabei zog sie die Augen zu engen Schlitzen zusammen, woraufhin ich zu dem Schluss kam, dass sie entweder unter einer Sehschwäche litt oder aber von Grund auf böse war und nur von ihrer Stummheit daran gehindert wurde, Flüche und Gekeife auszustoßen. Sie war wirklich eine abstoßende Person, mit den schmalen aufeinander gepressten Lippen, den tiefen Falten um ihren Mund, der etwas krummen Nase, dem glanzlosen Haar, von dem sich vereinzelte Strähnen unter der Haube hervor gestohlen hatten und kraftlos hinunterhingen und vor allem diesen gichtigen, geröteten Klauen, mit denen sie nun nach dem Einer griff. Es ging in der Tat etwas Unheimliches von ihr aus und ich drehte mich zur Köchin im gleichen Moment, als die Stumme Lise den Raum verließ.

„Sie wird immer fauler", beschwerte sich die Köchin.

Ich nickte und holte den Servierwagen aus einer Ecke.

„Heute ist alles anders", sagte ich, langte nach dem Besteck, begann es zu polieren und dann auf den Wagen zu legen. „Hast du das letzte Nacht auch gehört?"

Schnell blickte sich die Köchin um, dann winkte sie mich näher. Als ich neben ihr stand, raunte sie mir leise zu: „Ich sage dir eins: So wie gestern war das noch nie! Du bist ja erst seit einem knappen Jahr hier und weißt das nicht. Aber so war das noch nie. Früher hat es richtig geheult."

„Du meinst die Schwarze Gr..."

„Psst!"

Wieder sah sie sich um, doch bis auf das den Ofen schwärzende Dienstmädchen waren wir allein.

„Wen werde ich sonst meinen?"

„Was meinst du mit geheult? Geweint?"

„Nein. Wie ein Solches, was sie halt ist, macht. Du weißt schon."

„Huhu?", machte ich fragend.

„Du bist eine dumme Gans", tadelte die Köchin. „Aber so wie gestern war das noch nie!"

„Ja, das war wirklich schauerlich", meinte ich und fühlte, wie sich meine Härchen auf den Unterarmen, allein bei dem Gedanken an den Laut, erneut aufstellten.

Verstohlen rubbelte ich kurz meine Arme, dann machte ich mich schleunigst an die Arbeit. Es sollte an diesem Tag nicht noch mehr von der Norm abweichen, sich nicht noch mehr verändern, als es das bereits seit letzter Nacht getan hatte. Leise und unterschwellig war das Unheil mit dem Nebel durch die Ritzen gedrungen, hatte die Vorhänge gebläht und unsere Seelen erschauern lassen. Es sollte wieder gehen!

Doch es blieb.

Im Speisezimmer stand an einer Wand eine Kredenz mit einem Aufbau, der wiederum Glastüren hatte. In ihnen spiegelte sich die Herrschaft, wenn sie zu speisen pflegte und ich mit dem Rücken zu ihr an der Wand stand und vor mich hinstarrte. Dass ich dies tat, dachten sie zumindest, doch ich nutzte die Scheiben als Spiegel und beobachtete sie. Nur wenn ich etwas servieren oder nachschenken sollte, durfte ich mich umdrehen, um den Wünschen der Durchlauchten nachzukommen. An diesem Tag konnte ich die dunklen Ringe unter den Augen der Hausherrin deutlich erkennen, obwohl ich ihr kein einziges Mal ins Gesicht geschaut hatte. Ihre Hand zitterte ein wenig, als sie Butter auf ihr Brot strich.

Er hingegen saß ruhig, las konzentriert die Zeitung, die raschelte, wenn er umblätterte. Die Kinder aßen ebenfalls schweigend, herausgeputzt für den Tag zu Hause. Bald würde der Privatlehrer eintreffen, um sie in Bereiche der

Wissenschaften und Haushaltsführung – je nach Geschlecht – einzuführen. Am Nachmittag würde Sophia auf dem Piano Beethoven spielen – seit einem halben Jahr probierte sie sich mehr schlecht als recht an der *Sonata quasi una Fantasia, Nr. 14 op 27*, auch *Mondscheinsonate* genannt (die eines der Lieblingswerke des Musiklehrers war, was er mehrmals täglich wiederholte, sodass sogar ich mir den Namen merken konnte: „Meines Erachtens Beethovens beste Komposition, sanfter kann er nicht sein. Nicht klarer und zur selben Zeit nicht geheimnisvoller. Sonata quasi una Fantasia. Ein Meisterwerk!") und ich bin überzeugt, der Komponist wäre nicht sehr erfreut über ihre Interpretation gewesen. Genauso der Musiklehrer, der seine Schülerin stets ermahnte, mehr zu üben, denn es gehörte zu den Pflichten einer Frau, Gäste und den zukünftigen Gatten mit Klavierstücken zu erfreuen. Und die Zutaten für einen Ohrenschmaus hatte sie, meines Erachtens nach, weder komplett zusammengestellt, noch in der richtigen Menge dosiert.

Bis auf das *Adagio sostenuto*, den *ersten Satz*. Während *Allegretto* und *Presto agitato* („Die Fingerfertigkeit, Fräulein Steger! Presto! Sie müssen es fühlen! Schneller als das Allegretto! Die Finger müssen gleiten, geradezu über die Tasten schweben! Und vergessen Sie dabei die Haltung nicht! Den Winkel Ihrer Unterarme! Ja, das hilft, so haben die Finger mehr Spielraum für das *Presto agitato*! Welch wunderbarer Klang: Presto! Agitato!") von ihren Händen mehr an eine Kutschenfahrt über Schlaglöcher erinnerte – versehen mit Pausen für etwaige Reparaturen der Räder –, konnte sie dem Adagio sostenuto („Viel besser, das klingt … bezaubernd … lässt mein Herz vor Entzückung schmelzen! Ein Adagio, wie es nicht schöner sein kann!") eine Lieblichkeit abgewinnen, sodass vor meinem geistigen Auge das Bild des Mondes entstand, der mit seinen silbrigen Strahlen sanft das sich kräuselnde Wasser eines Sees streichelte.

Ich war derart von meinen Grübeleien gefesselt, dass ich erschrocken zusammenzuckte, als die Hausherrin, Frau Steger, die Gabel auf den Teller fallen ließ, sodass es klirrte. Sofort lenkte ich meine Aufmerksamkeit zu dem durchsichtigen Spiegelbild schräg neben mir. Der Hausherr ließ langsam die Zeitung sinken, die Kinder warfen einander einen schnellen Blick zu.

„Fühlst du dich nicht wohl, meine Liebe?"

Ihre Lippen bildeten einen dünnen Strich, ich sah, dass sie ihre rechte Hand zur Faust ballte und mit welcher Mühe sie die Finger wieder auseinander zwang. Neugierig beobachtete ich, wie sie einen inneren Kampf ausfocht, ihre Gesichtszüge zuckten.

„Ich kann nicht …", murmelte sie schließlich.

„Was kannst du nicht?" Obwohl er die Frage höflich gestellt hatte, schwang eine Drohung deutlich mit. Langsam faltete er die Zeitung.

Sie tastete nach der Gabel und umklammerte diese, als wollte sie ein Schwein abstechen, und ich hätte fast aufgelacht. Ich gebe zu, ich mochte sie nicht.

„Du weißt, dass … dass … wenn das jede Nacht …"

Sein Stuhl schlug mit einem lauten Krachen auf dem Boden auf, als er sich mit einem verärgerten Ruck erhob und sie fixierte. Obwohl ich seine Augen nicht sehen konnte, war es mir ein Leichtes mir vorzustellen, wie er seine Frau betrachtete. Voll Zorn funkelten sie wohl, denn Frau Steger schrumpfte unter dieser Musterung zu einem Schulmädchen zusammen, zu einem Kind, das Prügel von seinem Vater erwartete.

„Ich meine diese … Kopfschmerzen …", stammelte sie und fuhr sich mit zittrigen Händen an die Stirn.

„Dann schicke ein Mädchen nach einem Aspirin zur Apotheke. Du hast doch gehört, wie gut es wirkt!" Seine Stimme war kalt.

„Ja", krächzte sie und räusperte sich, „das sollte ich machen."

Abrupt wandte er sich um und verließ ohne ein weiteres Wort den Raum.

Ganz oben in der Villa gab es ein Turmzimmer, das im Winter niemals benutzt wurde, denn es war schwer zu heizen. Trotzdem stieg ich einmal die Woche hinauf, um es zu fegen und die Schutzhüllen, die über die Polstermöbel gebreitet waren, auszuschütteln. An diesem Tag war es wieder so weit.

1. Szene

Es wird hell.

Kulisse: Tür, die zum Turmzimmer führt

Dienstmädchen tritt auf. Sie trägt Besen und Eimer. Sie möchte die Tür öffnen. Doch es ist ihr nicht möglich. Sie stellt die Arbeitsutensilien ab und rüttelt an der Tür, doch sie geht nicht auf. Sie tritt mit dem Fuß dagegen. Kein Erfolg. Schließlich hält sie inne und denkt nach. Plötzlich steht Herr Steger ein wenig entfernt. In einer Hand hält er eine Pfeife. Rauch steigt auf.

Herr Steger: Was machst du hier?

Dienstmädchen fährt herum. Steger mustert sie abwartend, führt seine Pfeife langsam an den Mund, zieht daran. Das Dienstmädchen niest und macht einen schnellen Knicks.

Dienstmädchen: Ich wollte im Turmzimmer sauber machen, wie jede Woche.

Herr Steger: *(lässt den Rauch aus seinen Lungen strömen)* Dieser Raum ist von nun an für das gesamte Personal gesperrt. Keiner von euch hat hier noch etwas zu suchen. Sag dies weiter!

Dienstmädchen nickt und knickst, dreht sich um und eilt davon.

Licht geht wieder aus.

Tief und dunkel schwangen die ersten Akkorde der *Sonata quasi una Fantasia* ins Zimmer, in dem ich gerade mit einem Staubwedel über die Porzellanteller an der Wand wischte. Sie drehten sich langsam in der Mitte des Raumes, streiften über den Teppich, in eine Klangumarmung verschlungen, versunken ineinander – in die Melodie der Unendlichkeit eines zum Leben erweckten Notensatzes. Der Tanz der erwachenden Harmonie ließ mich innehalten, mein Arbeitsutensil senken. *Adagio sostenuto.* Wieder Schneeflocken vor den Fenstern, ihr Ballett, gefangen von der Musik aus des Komponisten Herzen. Nur für wenige Minuten schien die ganze Welt diesem Tongebilde unterworfen, vergaß zu atmen, vergaß sich zu drehen – das Wirbeln der Töne unser einziger Atem. Alles Sein erwachte zwischen Notenblättern zum Leben. Durch ihre Finger, die über die Tasten glitten.

Da machte sie einen Fehler.

Ich hob den Staubwedel erneut, setzte meine Arbeit fort. Neben mir auf dem Boden lagen Tannenzweige. Mit ihnen sollte ich den Salon weihnachtlich dekorieren. Der schwere Duft von Tannennadeln erfüllte den Raum und mischte sich mit dem erneut begonnenen Musikstück aus dem Nebenzimmer.

Gerade als mich die träumerische Versunkenheit wieder befallen wollte, geschah es. Zu der lieblichen Melodie des ersten Satzes gesellte sich ein Misston, so schauerlich, so weltfremd, so anders, nur dem Kreischen der vergangenen Nacht ähnlich. Inbrünstiger, als wäre er aus ihm erwachsen, hätte sich mit dem leidenden Nichts vollgesogen, um dieser gequälte Aufschrei eines Geistes zu werden. Das Klavier verstummte, das Kreischen blieb.

Alle Furcht dieser Welt schien von mir angesogen zu werden, um sich in mir zu einem dunklen Klumpen zusammenzuballen und dann in die anderen Regionen meines Körpers auszustrahlen, sodass mich die Luft in die Seiten stach, wenn ich sie zitternd in meine Lungen sog, das sonst nie wahrgenommene Pulsieren meines Blutstroms mit einem heftigen Pochen meinen Schädel zu sprengen versuchte, die Spannkraft meines Körpers ermattete und panisch um den letzten Rest einer Haltung kämpfte. All das, während sich eine unheimliche Stille über das Haus senkte, die den einzig gebliebenen Ton tausendfach verstärkte und schauerlicher durch die Gänge hallen ließ, als es rege Geschäftigkeit zugelassen hätte.

Dann wurde eine Tür geöffnet, wieder seine Schritte, die langsam die Stufen erklommen, als hätte er alle Zeit der Welt. Das Kreischen, das zu einem Winseln abfiel, einem tierischen Jaulen, dann verebbte, abbrach und eine Leere zurückließ, die einem das Herz schmerzen ließ, mehr noch, als es der Schrei vermocht hatte.

Niemand sprach über die Schwarze Grete. Trotzdem wusste jeder, wer sie war, kannte jeder die tragische Geschichte ihres Lebens und Sterbens und welche Tragödie ihr die dunkle Namensergänzung beschert hatte, die sich Zeit ihres Lebens niemals mehr abwaschen ließ und sie zu einem Dasein zwischen den Schatten der Nacht verurteilte und dort gefangen hielt. Jeder Bewohner dieses Hauses wusste, dass sich markerschütternde Misstöne immer wieder in den Sonnenschein des heilen Lebens verirrten und kurz daran erinnerten, dass es sie noch gab. Bis sie dann schließlich seltener wurden und nach ihrem Tod angeblich jeden Winter wiederkehrten, zu der Zeit, in der die christliche Welt die Geburt des Erlösers Jesus feierte. Kehrte auch sie stets zurück aus ihrem Totenreich, um endlich Erlösung zu erfahren?

Die nächsten Tage vergingen in erwartungsvoller Stille, doch das Kreischen blieb aus.

An einem Abend klopfte es an die Tür. Silbriges Mondlicht benetzte meine Füße, als ich die Tür einen Spalt öffnete, färbte den Mann mir gegenüber dunkelblau, dessen Silhouette sich scharf von dem glitzernden, die Sterne reflektierenden Leintuch der Winterlandschaft abzeichnete. Seinen Hut hatte er tief in die Stirn gezogen, den Mantelkragen aufgestellt, sodass das Funkeln seiner Augen als einziges an den menschlichen Kern erinnerte. Ich ertastete den Lichtschalter neben dem Türrahmen und wenige Sekunden später ergoss sich ein heller Schein über das Entree und mich, floss weiter zu meinem Gegenüber, das sich nun noch mehr von der Welt jenseits dieses Gemäuers abgrenzte, aber trotzdem nicht weniger geheimnisvoll wirkte. Als hätte er meine Gedanken erraten, hob er eine Hand und schlug den Kragen zurück, sodass ich nun auch die untere Hälfte seines Gesichts erkennen konnte und lüpfte mit einer schnellen Bewegung den Hut.

„Sie wünschen?", fragte ich endlich und zog die Tür ein wenig weiter auf.

„Mein Name ist Martin Taubert, ich bin Bruder des Ordens der Societas Jesu und muss dringend mit deinem Herrn sprechen."

Unwillkürlich schlug ich ein schnelles Kreuz – eine Geste, die ich mir von der katholischen Therese abgeschaut hatte. Soweit mir bekannt war, gab es ein Gesetz, das dem Jesuitenorden jede Betätigung in der Öffentlichkeit und hinter Klostermauern untersagte.

„Es ist reichlich spät", sagte ich schnell, „und die Herrschaft möchte zu dieser fortgeschrittenen Stunde nicht mehr gestört werden."

Langsam wollte ich die Tür wieder schließen, doch er hob eine Hand und stemmte sie dagegen. Ich bemerkte, dass er auch einen Fuß ins Innere geschoben hatte und somit verhindern konnte, dass ich sie ihm vor der Nase zuknallte.

„Dein Herr wird einen Diener des Herrn nicht abweisen", versuchte er mich zu überzeugen. „Sag ihm, dass ich den weiten Weg von Feldkirch aus Vorarlberg – einem Gebiet der österreichischen Monarchie – gekommen bin, um mit ihm zu sprechen!"

Seine Worte, die gleichzeitig mit weißem Nebel aus seinem Mund stiegen, lösten sich in der Wärme des Flurs auf.

„Warten Sie kurz, ich werde Sie der Herrschaft melden."

Nun trat er brav zurück und ich schloss die Tür.

„Ein Jesuit?", fragte Herr Steger. „Was soll ich mit einem Jesuiten? Wie du weißt, untersteht dieses Haus den Lehren der evangelischen Kirche!"

„Ja, Herr", stimmte ich zu, „doch er sagt, er wäre den weiten Weg von Feldkirch bis hierher gekommen, nur um mit Ihnen zu sprechen! Es ist dunkel und ich nehme an, er hat keine Unterkunft für die Nacht."

Mein Herr trat ans Fenster und versuchte ins Freie zu sehen, doch sein Spiegelbild starrte ihm stur entgegen.

„Dann führe ihn in den Salon", gab er nach einer Weile nach, „und sag einer zuständigen Magd, dass sie eines der Gästezimmer richte."

Ich knickste und kehrte zur Eingangstür zurück.

Martin Taubert hatte in der Zwischenzeit den Kragen wieder aufgestellt und stampfte mit den Füßen auf den Boden, um die eisige Kälte abzuschütteln.

Als ich ihn hereingebeten und ihm Mantel und Hut abgenommen hatte, lächelte er mir zu. Nachdem ich seine Kleidung an die Garderobe gehängt hatte, führte ich ihn zum Salon und erkundigte mich danach, ob er etwas zu trinken wünsche.

„Etwas Heißes käme einem Geschenk des Himmels gleich", meinte er und setzte sich auf einen schweren Polstersessel.

Ich wollte mich gerade abwenden und den Raum verlassen, als die ersten Akkorde des Adagio Sostenutos angeschlagen wurden und zögerlich durch das Haus hallten, als hätten sie Angst vor dem Wesen, das sie womöglich wecken könnten und sie daran erinnerte, dass die Ruhe der letzten Tage nur die Stille vor dem Sturm war, nur das sich Sammeln aller Kräfte für den schwersten Schlag, das dumpfe Grollen des Vulkans vor der gewaltigen Explosion, der endgültigen Zerstörung. Augenblicklich blieb ich stehen und lauschte.

„Beethovens Mondscheinsonate", flüsterte er und als ich einen Blick über die Schulter warf, bemerkte ich, dass er sich langsam von der Welt in sein Innerstes zurückzog, sich von diesem Raum löste, von der Stunde der Nacht und der Fremde, in die er aufgebrochen war. Nervös wandte ich mich wieder ab. Was hatte diese Komposition an sich, dass sie den Menschen veränderte und die Geister der Vergangenheit heraufbeschwor? Ich wusste, dass ich den Salon verlassen musste, um ihm die wärmende Stärkung bringen zu können, doch es war mir unmöglich. Angst lähmte meine Glieder mit jedem weiteren Takt, der die Luft zum Schwingen brachte.

Die Musik verstummte. Doch ich wartete noch immer. Ich wartete darauf, dass dieser kreischende Laut die nun eingetretene Stille durchriss und die Angst stärker entfesselte als jemals zuvor. Doch es blieb ruhig. Endlich fasste ich mir ein Herz und eilte in die Küche. Bei jedem Schritt hatte ich den Eindruck, dass das Haus mit mir wartete, mit mir den Atem anhielt und die Sekunden stoppte. Aber nichts durchbrach die friedliche Andacht der Adventszeit.

Bis zu diesem Augenblick hatte ich mir nicht vorstellen können, dass dieses Warten auf das Unheil mehr quälte als der Zeitpunkt, zu dem es eintraf. Dass jedes Scheppern ein Zusammenzucken des Körpers nach sich zog, jedes Flüstern einen vorsichtigen Blick, jede Bewegung das untrügliche Gefühl beobachtet zu werden, als stünde eine Person direkt hinter einem, den Arm bereits erhoben, um den Nacken zu umfassen, ein Luftzug, der kalt die Wange streifte und einen frösteln ließ in der Gewissheit, den Hauch eines Toten geatmet zu haben. Die Seele der Verzweifelten war um uns, mehr noch, als wenn sie schrie.

Ich stellte die Tasse vor den Pater auf den kleinen Tisch, als es einsetzte. Höher als zuvor. Schriller als zuvor und noch viel unheimlicher. Ich zuckte derart erschrocken zusammen, dass die Tasse zu Boden fiel – zum Glück auf den Teppich, sodass sie nicht zerbrach. Das Tablett mit der Kanne wackelte nur ein wenig. Die Miene des Geistlichen veränderte sich, unsanft wurde er aus den Eindrücken seiner Erinnerungen gerissen, deren Nachklang er noch bis zu diesem Zeitpunkt nachgespürt zu haben schien.

„Was ist das?", fragte er leise und ich arbeitete hart daran, mich aus meiner Erstarrung zu befreien.

„Die schwarze Grete", flüsterte ich tonlos. „Ein Geist, der jedes Jahr zur Weihnachtszeit in dieses Haus zurückkehrt und sein Unwesen treibt. Man sagt, er hätte schon mehrere Menschen auf dem Gewissen."

Schnell bückte ich mich nach der Tasse, stellte sie auf den Tisch und presste schließlich die Hände auf die Ohren. Hier, vom Salon aus, konnte ich die Schritte meines Herren nicht hören, doch ich war überzeugt davon, dass sie sich zielgerichtet ins oberste Stockwerk begaben.

„Tatsächlich?", wunderte sich der Jesuit und erhob sich.

Ich ließ die Hände wieder sinken, um ihn besser verstehen zu können.

„Und weshalb kehrt dieses Gespenst alle Jahre wieder an diesen Ort zurück?"

Verstohlen blickte ich mich um, trat näher an ihn heran.

„Wir reden eigentlich nicht darüber", murmelte ich. „Man sagt, sie hätte kurz nach der Geburt all ihre Kinder getötet. Insgesamt sieben an der Zahl. Obwohl sie es stets verzweifelt abgestritten hatte, sperrte man sie in das Turmzimmer, aus dem sie, so sagt die Geschichte, niemals mehr einen Fuß gesetzt hat. Jetzt ist sie wieder dort und kreischt ihr Unglück in die Welt. Sie hört erst auf, wenn der Herr zu ihr hinaufsteigt."

„Habe ich richtig verstanden und der Geist hört auf Herrn Steger?"

„Es sieht so aus. Nur er kann ihn zum Schweigen bringen. Vielleicht besitzt er eine mystische Kraft, die das Gespenst ängstigt. Das wissen Sie sicherlich besser."

Wie auf ein Zeichen hin, verstummte der Schrei.

„Wieso rechnest du mir auf diesem Gebiet eine derartige Bildung an?", fragte er nach einer Weile in die nun eingetretene Stille.

„Ist nicht jeder Geistlicher auch ein Exorzist?"

Nun lachte er leise und schüttelte den Kopf. Wie es aussah, schien er sich nicht im Geringsten zu fürchten.

„Nicht zwangsläufig. In meinem Orden widmet man sich Predigt, Beichte und Seelsorge, der Bildung und vor allem Exerzitien unterschiedlicher Natur ..."

Er wurde von der sich öffnenden Tür unterbrochen. Ich erkannte Steger, knickste, schenkte dem Pater heißen Kaffee in eine Tasse und zog mich in den Hintergrund zurück.

„Was kann ich für Sie tun?", wollte mein Herr ohne einleitende Worte wissen und machte mir ein Zeichen. Sofort verließ ich den Raum, schloss die Tür und entfernte mich von dem Ort, der von mir in diesem Augenblick als Zentrum meiner Neugierde auserkoren worden war, da in ihm wohl ein Gespräch stattfand, das sicherlich interessant war. Und während ich die Stufen zu meinem Zimmer emporstieg, erinnerte ich mich an die verschlossene Tür im obersten Stock. Dieses Mal würde Herr Steger mich nicht stören, wenn ich versuchte, ins Innere zu gelangen! Mein Herz schlug mir bis zum Hals, als ich den Entschluss fasste, noch einen Stock höher zu steigen.

2. Szene

Leselampe wird ausgeschaltet. Langsam geht blaues Licht an und vermittelt den Eindruck dunkler Nacht. Auf den Boden wird ein unheimliches, aus verzerrten Mustern gebildetes Bild geworfen. (Wie Mondlicht den Schatten von Fensterkreuzen auf den Boden wirft).

Dienstmädchen tritt auf. Schleicht sich leise und ängstlich zu der Tür des Turmzimmers. Dabei durchquert sie das Schattenbild, das nun einen Teil ihres Körpers mit bizarren Mustern bedeckt.

Sie fühlt sich unbehaglich und eilt schnell wieder aus dem Bild hinaus. Sie blickt sich um, als würde ihr in der Finsternis jemand auflauern.

Vor der Tür bleibt sie eine Weile reglos stehen und versucht sich zu beruhigen.

Unter der Tür fließt eine dunkle, ölige Flüssigkeit hindurch, die eine kleine Lacke bildet.

Ihr Atem geht schnell und aufgeregt.

Dann fasst sie ihren Mut zusammen, legt das Ohr an die Tür und lauscht. Nichts.

Als sie sich an dem Schloss zu schaffen machen möchte, entdeckt sie den dunklen Fleck. Sie erschrickt und beginnt zu zittern. Kurz starrt sie darauf, dann bückt sie sich, sieht sich den Fleck genauer an.

Wind heult auf. Man hört das Kratzen von Zweigen an der Fensterscheibe. Dielen knarren.

Dienstmädchen schüttelt sich, als würden ihr kalte Schauer über den Rücken laufen. Sie blickt sich um. Schluckt. Lenkt die Aufmerksamkeit zurück zu der Lacke, die weiterhin größer wird.

Die Flüssigkeit stockt, breitet sich nicht weiter aus.

Dienstmädchen schluckt und mit verzogenem Gesicht taucht sie ihre Finger in die Flüssigkeit. Dann richtet sie sich schnell auf, blickt sich noch einmal gehetzt um und huscht davon.

Es wird wieder dunkel. Leselampe wird eingeschaltet.

Therese flocht sich gerade die Haare zu Zöpfen für die Nacht und ich verbarg meine Hand in den Rockfalten meines Kleides, als ich eintrat. Unauffällig drückte ich mich in eine Ecke, den Rücken meiner Zimmergenossin zugewandt und nahm die Hand aus ihrem Versteck. Als das Licht auf die beschmutzten Fingerkuppen fiel und das Rätsel seiner Herkunft löste, packte mich, gleichzeitig mit der Erkenntnis, Hysterie. Entsetzt schrie ich auf, taumelte zurück und versuchte die ehemalige Flüssigkeit wie wild an meinem Rock abzuwischen, an meinem Bett, an der Wand, doch sie war bereits getrocknet und ließ sich nicht so leicht lösen. Plötzlich packte mich eine Hand und ich erkannte Thereses besorgtes Gesicht zwischen den Fetzen meines Entsetzens.

„Das ist höchstens ein kleiner Kratzer, der ein wenig blutet", versuchte sie mich zu beruhigen. „Du wirst daran nicht sterben, also reiß dich zusammen!"

Wieder starrte ich wie wahnsinnig auf meine Finger, während sie mich zur Waschschüssel zog. Ich beobachtete, wie sie Wasser aus einer Kanne über meine Hand goss, sich das Blut verdünnte und schließlich ganz abgewaschen wurde.

„Ich verstehe überhaupt nicht, weshalb du dich wegen einer solchen Lappalie so aufregst!", kam es verständnislos von Therese, die auf meinen Fingern nach einer Wunde suchte. „Ich kann nicht die kleinste Verletzung entdecken!"

Langsam hob ich den Blick zu ihr an und der tiefe Schock in meinen Zügen ließ sie die Stirn runzeln.

„Es ist ja auch nicht mein Blut", krächzte ich mühsam. „Es rann unter der verschlossenen Tür des Turmzimmers hindurch."

Nun kreischte Therese und ich musste ihr den Mund zuhalten, damit nicht innerhalb weniger Minuten das gesamte Personal bei uns versammelt war.

„Psst, sei still!", zischte ich und merkte, wie meine Lebensgeister zurückkehrten. „Irgendetwas ist an der ganzen Sache faul! Wir müssen herausfinden was. Aber von einem blutenden Geist habe ich mein ganzes Leben lang noch nicht gehört!"

Gerade, als ich fühlte, wie mir ein Stein vom Herzen fiel, ängstigte mich Therese mit ihrer Antwort mehr als jemals zuvor.

Sie sagte mit bleichen Lippen: „Außer dieser Geist hat einen weiteren Menschen auf seinem Gewissen."

Es war mir unmöglich in dieser Nacht zu schlafen. Unruhig wälzte ich mich von einer Seite auf die andere, während sich die Gedanken in meinem Kopf jagten. Immer wieder hörte ich dieses Kreischen, seine Schritte, roch den Tabak seiner Pfeife. Dann sah ich Sophias Finger über die Tasten des Flügels gleiten, die immer wieder das Adagio sostenuto spielten, wiederholten und wiederholten in einem immer fiebrigeren Rhythmus, der schneller und schneller wurde und die Intensität der Töne anschwellen ließ, bis sich alles zu drehen begann und sich mit dem plötzlich einsetzenden Schrei vermischte.

Und inmitten dieses Tumultes, der mich nicht zur Ruhe kommen ließ, schälte sich das Antlitz des Jesuiten, der träumerisch den Namen der Komposition murmelte, als würde nichts anderes zählen, als gäbe es diesen Schrei und das Echo der Stimme Frau Stegers nicht, die vom Hintergrund abprallte, zurückgeworfen wurde und wie ein Geist durch die Luft irrte: „Ich kann nicht ... Du weißt, dass ... dass ... wenn das jede Nacht ... ich kann nicht ... du weißt, dass ... dass ... wenn das jede Nacht ... ich kann nicht ... du weißt, dass ... dass ... wenn das jede Nacht ... ich kann nicht ... du weißt ...“

Ich fuhr auf, als ich trotz des inneren Tumults Schritte hörte, die vor meinem Zimmer den Gang entlang schlichen. Obwohl es noch dunkel war, wusste ich, dass nicht mehr viel Zeit vergehen würde, bis das Haus zum Leben erwachte, bis die Dienstboten aus ihren Betten krochen, um der Herrschaft ein angenehmes Erwachen zu bescheren. Die Stunde kam jeden Morgen viel zu früh, deswegen wunderte ich mich darüber, dass jemand freiwillig noch früher aufstand. Oder diese Person hatte etwas zu verbergen? Unbehaglich fröstelte ich bei dem Gedanken an die Geheimnisse, die dieses Haus wohl hütete. Wie es schien, konnte die Vergangenheit bei weitem drückender sein als die Ungewissheit der Zukunft. Im Besonderen, wenn eine Rechnung noch nicht beglichen, ein Opfer noch nicht gesühnt, ein Mord noch nicht gerächt war.

Leise, um Therese nicht zu wecken, glitt ich aus dem Bett und zog mich um. Etwas in mir hatte beschlossen, der Sache auf den Grund zu gehen, meiner Ansicht nach hatte ich mich ohnehin schon viel zu sehr in die Geschehnisse dieses Hauses verstrickt. Nun konnte ich unter keinen Umständen mehr gegen die Macht meiner Neugierde ankämpfen!

Ich öffnete die Tür einen Spalt und spähte hinaus. Alles lag ruhig, auch hier spendete einzig der untergehende Mond trostloses Licht. Leise zog ich die Tür hinter mir zu und verharrte lauschend im Gang. Nichts rührte sich. Wohin sollte ich meinen Schritt nun als erstes lenken? Es war, als würde mich das Schicksal rufen, und ich folgte seinem Befehl, starr wie eine Marionette, ebenso ohne Vernunft und mit schlotternden Knien. Es überraschte mich keineswegs, dass mein Weg nach oben führte, dem Turmzimmer immer näher. Immer näher. Immer näher.

Das Geräusch einer Bürste die über den Boden scheuert erfüllt den Raum.

Der letzte Treppenabsatz war fast erreicht, als mich ein Geräusch aus meinen Gedanken riss. Abrupt blieb ich stehen und lauschte. Leises Wischen drang an meine Ohren, regelmäßig, ohne Eile, als hätte es alle Zeit der Welt, zu machen, was es gerade tat. Aber was konnte das sein? War es ein Geist, der in Gedanken auf und ab ging, wobei die Zipfel seines weißen Hemdes den Boden streiften? Wenn das der Fall war, sollte ich mich schleunigst von diesem Ort entfernen. Wenn aber nicht? Aber was konnte es sein?

3. Szene

Leselampe wird ausgeschaltet. Die gleiche Dunkelheit wie zuvor, das gleiche Muster auf dem Boden, nur hat es sich bewegt und spinnt Linien über den Körper der Stummen Lise.

Die Stumme Lise kniet auf dem Boden und scheuert ihn mit ruhiger Gelassenheit.

Das Dienstmädchen tritt leise aus dem Hintergrund hervor, bleibt im Schatten stehen.

Die Stumme Lise hält plötzlich inne, hebt den Kopf, wendet ihn ein wenig und blickt geradewegs zu dem Dienstmädchen.

Das Dienstmädchen hält erschrocken die Luft an.

Die Stumme Lise verzieht ihren Mund zu einem zahnlosen Lächeln. Dann beginnt sie fremdartig zu lachen, dessen Grundton aber an das Kreischen erinnnert.

Das Dienstmädchen steht einen Augenblick wie erstarrt, Furcht lähmt seine Glieder. Die Hände beginnen zu zittern. Die Knie beben.

Die Stumme Lise sagt etwas in ihre Richtung – in der Art wie Gehörlose sprechen – was unverständlich und fremdartig klingt, gleichzeitig aber höhnisch und drohend.

Das Dienstmädchen weicht langsam zurück, dann stolpert es davon.

Licht aus. Leselampe an.

Ich polierte das Tafelsilber für die Abendmahlzeit, als ich den Jesuiten durch den Spalt der halb offenen Tür vorbeihuschen sah. Wie ich am Morgen in der Küche erfahren hatte, würde der Gottesmann einige Zeit in der Villa wohnen und sich unter Anleitung Herrn Stegers Studien der Philosophie widmen. Mein Herr war auf diesem Gebiet sehr gebildet und verfügte über eine beachtliche Sammlung einschlägiger Literatur, die er nun dem Jesuiten zugänglich machte. Ich nehme an, die Aussicht auf interessante, fachspezifische Gespräche mit dem Gast hatte Herrn Steger dazu bewogen, diesem Unterkunft zu gewähren.

Nun war es bereits später Nachmittag, den ganzen Tag über hatte ich versucht, gedanklich das Rätsel um Turmzimmer, Blut, Kreischen und Stumme Lise zu lösen. Der einzige Schluss, zu dem ich gekommen, war der, dass bei der Sache etwas nicht zusammenpasste. Kurz starrte ich durch den Spalt der Tür auf den leeren Gang und erinnerte mich der Haltung des Jesuiten, als er die Stelle meines Aufenthalts passiert hatte. Etwas an der Art, wie er seine Schultern getragen, seinen Körper gespannt hatte – aufmerksame Hut in den Gliedern – ließ mich nun den Löffel auf die Seite legen. Leise schlich ich zur Tür und lugte in den Gang. Ich konnte gerade noch seine Ferse und ein Stück des Hosenbeines erkennen, bevor er gänzlich hinter der Ecke verschwand. Schnell blickte ich mich um, dann huschte ich ihm auf Zehenspitzen nach. Bei den Treppen hielt ich inne und überlegte. Wohin war er wohl gegangen? Hatte er den Weg empor oder hinab gewählt?

Das leise Öffnen einer Tür half mir bei der Entscheidung und so wandte ich mich der Kellertreppe zu.

PAUSE

Nach der Pause wird das Publikum in den Keller geführt. Dort soll es sich entlang der Wand aufstellen. Wenn alle stehen, geht das Licht aus.

4. Szene

Eine Taschenlampe wird eingeschaltet.

Kurz hält der Jesuit sie so, dass man ihn erkennt, dann lässt er den Lichtkegel über die Wände gleiten, als suche er etwas.

Am anderen Ende des Raumes, das Publikum steht dazwischen, taucht langsam das Dienstmädchen auf, geht bis in die Mitte des Raumes.

Plötzlich richtet sich der Kegel der Lampe direkt auf das Dienstmädchen, das erstarrt stehen bleibt.

Erzähler liest: Fast konnte ich die Überraschung fühlen, die er bei meinem Anblick empfand, doch er lenkte den Schein nicht fort von mir. Ich konnte seinen Atem hören, den er schwer ausstieß. Was würde nun folgen? Niemand würde mich schreien hören, wenn er …

Der Jesuit atmet schwer.

Das Dienstmädchen fährt herum und beginnt langsam rückwärts zu gehen. Dann fängt es an zu laufen.

Der Jesuit stürzt ihr nach, dabei lässt er den Kegel der Taschenlampe wild hin- und herschweifen, sodass auch der Schatten des Dienstmädchens immer wieder an die Wände geworfen wird.

Als beide den Raum verlassen haben, bleibt es dunkel.

Erzähler: Er kam näher, seine Schritte schwollen an, wie das Keuchen meiner Lungen. Endlich erreichte ich die Stufen und stürzte dem Leben entgegen, dem Tageslicht, der rettenden Geschäftigkeit des Hauses.

„Bleib stehen!", stieß er hervor, doch ich blickte mich nicht um. Er war im Keller zurückgeblieben, denn je mehr ich mich der Sicherheit näherte, desto leiser wurde sein gehetztes Luftholen – seine Schritte waren verstummt.

Erst im Esszimmer beruhigte ich mich langsam vom Schock der letzten Minuten. Doch die Angst der letzten Woche war mit einem Schlag zurückgekehrt und ließ sich an diesem Tag nicht mehr abschütteln.

Publikum wird gebeten wieder zum Augsangspunkt zurückzukehren. Bis alle Platz genommen haben, wird die Mondscheinsonate gespielt.

Das Adagio Sostenuto. Sie spielte es wieder. Doch dieses Mal fehlte ihrer Interpretation jegliches Gefühl, jegliche Anmut. Es waren nur noch Noten, die durch das Haus irrten und die Bewohner abwartend und ahnungsvoll innehalten ließen. Sie machte Fehler. So viele Fehler wie niemals zuvor. Vor dem Musikzimmer bückte ich mich und spähte durch das Schlüsselloch. Herr Steger hatte sich drohend hinter seiner Tochter am Klavier aufgebaut. Neben ihm stand die bleiche Hausherrin und zuckte bei jedem Misston zusammen, als würde die Qual der falschen Töne über ihre Kraft gehen.

Das Adagio Sostenuto. Sie spielte es wieder. Er zwang sie dazu. Sophia starrte auf das Notenblatt vor sich, ihre Haltung war verkrampft.

Früher hatte ich diese Komposition geliebt.

Während ich mich langsam aufrichtete, verfluchte ich sie leise. Sie hatte alles zerstört: die Sicherheit, dass mir nichts passieren konnte, die Sehnsucht nach den einhüllenden Schatten der Nacht, die ich einst wie einen wärmenden, willkommenen Mantel um mich geschlungen hatte, die Freude an der Musik, das Lachen mit Therese. Mit dem Lied war alles gegangen. Auch das Glück.

Als sie das Spiel beendet hatte, blieb es still.

Während ich das Abendessen servierte, blickte mich der Jesuit immer wieder an. Obwohl ich ihn niemals ansah, konnte ich seine Blicke fühlen, die auf mir ruhten. Als ich an der Wand stand und die gemusterte Tapete anstarrte, wünschte ich, meine Nase niemals so tief in die Angelegenheit anderer gesteckt zu haben. Doch das konnte ich nun nicht mehr ändern.

Instinktiv wusste ich, dass der Pater nach einer Möglichkeit suchte, mir aufzulauern. Deswegen hielt ich mich an diesem Abend stets in der Nähe anderer Dienstboten auf und begab mich gemeinsam mit Therese in unser Zimmer.

Ohne Vorwarnung und schrill riss mich das Kreischen aus meinen Albträumen. Gleichzeitig mit Therese in ihrem fuhr ich in meinem Bett hoch, darum bemüht, den Schlaf abzuschütteln und in die Realität zurückzukehren. Die nächsten Minuten saßen wir zitternd in unseren Betten und warteten ab. Warteten auf seine Schritte, die Ruhe verhießen, warteten auf den Geruch seiner Pfeife, warteten darauf, dass der Laut verstummte. Doch im Gang rührte sich nichts. Ich blickte zu Therese.

„Er ist ausgegangen", flüsterte sie.

Das Kreischen hielt an.

Eine Minute. Zwei Minuten. Fünf Minuten.

Es wurde immer eindringlicher, immer irrer und fremdartiger.

Zehn Minuten.

„Ich muss nachsehen", entschloss ich mich. „Komm mit!"

Therese schüttelte bleich den Kopf.

„Niemals!"

Gerade, als ich den Gang entlang schlich, verebbte der Schrei zu einem Gurgeln, das weit schlimmer war als alles, was ich bis dahin gehört hatte. Ein Poltern mischte sich zu den Geräuschen, kurz und mächtig. Plötzlich war es still.

Das Licht geht aus.

Ich hielt den Atem an.

Die Stille lastete schwer. Todbringend. Etwas war geschehen. Das, was die Ruhe der Nacht zurückgebracht hatte, war unheilvoller als der Lärm zuvor.

Dann sah ich eine dunkle Gestalt in den oberen Stock hetzen. Es war der Jesuit. Das zweite Mal an diesem Tag veranlasste mich seine Haltung dazu, ihm zu folgen. Sein Gang verströmte erschrockene Panik, verzweifelte Eile.

5. Szene

Die Nachtbeleuchtung geht an. Die Tür des Turmzimmers steht offen. Neben der Tür steht die Stumme Lise und starrt auf ein Bündel, das zu ihren Füßen liegt. Von der Treppe kommend, einige Meter entfernt steht der Jesuit. Auch er sieht auf das Bündel. Das Dienstmädchen steht am Rand, wiederum einige Meter vom Jesuiten entfernt.

Das Bündel: Die zarten Glieder eines Frauenfußes heben sich vom Boden ab. Der Saum des Nachthemdes ist bis zur Hälfte des rechten Unterschenkels hinaufgerutscht. Vom Kopf kann man nur kurzgeschnittenes, dunkles Haar erkennen. Lange, feingliedrige Finger ruhen reglos auf dem Boden. Um ein Handgelenk ist ein dicker Verband gewickelt worden.

Die Stufen knarren und die Hausherrin, ganz in Weiß, steigt wie in Trance vom Turmzimmer herab.

Ihr Blick ist glasig und abwesend.

Dunkle Flecken zeichnen sich auf ihrem Morgenmantel ab. Auch ihre Hände sind schwarzgefärbt.

Hausherrin:	*(bleibt vor dem Bündel stehen, starrt es kurz an)* Ich konnte es nicht ertragen ... dieses Kreischen. Immer dieses Kreischen ... *(steigt darüber hinweg, geht ab)*

Kurz ist es still.

Stumme Lise:	*(stößt einen markerschütternden Schrei aus, sinkt in die Knie)*
Jesuit:	*(stürzt herbei, lässt sich neben dem Bündel nieder, dreht es langsam auf den Rücken)*

Der Kopf der zierlichen Frau fällt nach hinten. Das Nachthemd ist blutdurchtränkt. Ein Messer ragt aus ihrem Hals.

Dienstmädchen:	*(schreit entsetzt auf)*
Jesuit:	*(murmelt verzweifelt)* Ich bin zu spät ... oh, Täubchen, ich bin zu spät! *(wiederholt die Wort immer wieder.)*
Dienstmädchen:	*(geht neben ihm in die Knie)*
Jesuit:	*(verstummt)*

Kurz ist es still.

Dienstmädchen:	Wer ist das?
Jesuit:	*(ohne aufzusehen)* Lisbeth ... das war Lisbeth.
Stumme Lise:	*(beginnt leise zu schluchzen. Tränen rinnen über ihre Wange)*
Dienstmädchen:	*(sieht auf, bekommt Mitleid, beugt sich zögernd zu ihr und legt die Hand auf ihren Arm.)*
Stumme Lise:	*(blickt überrascht)*
Dienstmädchen:	*(nickt Stummer Lise aufmunternd zu und zieht den Arm zurück)*
Stumme Lise:	*(lächelt Dienstmädchen kurz zögernd, verunsichert an, dann erhebt sie sich langsam und geht mit hängenden Schultern ab)*
Dienstmädchen:	Wir müssen einen Arzt rufen.
Jesuit:	*(resigniert)* Wozu? ... Wozu?

Schritte nähern sich. Herr Steger tritt auf. In der Hand die Pfeife.

Dienstmädchen:	*(hält sich eine Hand vor den Mund, niest)*
Herr Steger:	*(bleibt am Treppenabsatz stehen)*

Es ist vollkommen still.

Herr Steger: *(knipst das Licht an)*

Licht flammt auf. Der ganze Raum wird erhellt. Viel Rot ist zu sehen.

Dienstmädchen: *(rappelt sich mit aller Kraft auf, wendet sich ab)*

Herr Steger: *(kurz zuckt es in seinem Gesicht, dann kalt)* Was ist hier geschehen?

Jesuit: *(reißt sich vom Anblick der Toten los, richtet sich auf, blickt kalt)* Das wollte ich Sie ebenfalls fragen.

Herr Steger: *(zornig, von oben herab)* Woher soll ich das wissen? Ich bin gerade eben nach Hause gekommen. *(zieht an seiner Pfeife, lässt die Luft ausströmen)* Abgesehen davon, steht Ihnen das Recht nicht zu, Fragen zu stellen. Dies ist mein Haus.

Jesuit: *(unbeeindruckt)* Ich meinte mit meiner Frage nicht die letzte Stunde, sondern die letzten Tage. Wie konnte es nur so weit kommen?

Herr Steger: Ich weiß nicht, was Sie das anginge!

Stumme Lise tritt mit trüben, rotunterlaufenen Augen auf, in der Hand ein schneeweißes Leintuch. Geht zum Dienstmädchen. Gemeinsam breiten sie das Tuch über den Leichnam.

Jesuit: Lisbeth war meine Nichte.

Kurz ist es still. Dienstmädchen blickt schnell zu Herrn Steger.

Herr Steger: *(Augen funkeln gefährlich)* Woher wussten Sie, dass sie hier war?

Jesuit: Einer Ihrer Angestellten ist ein guter Freund von mir. Er erzählte mir vom Tod meines Schwagers, Lisbeths Vater.

Herr Steger: *(verschränkt die Arme vor seiner Brust, in einer Hand immer noch die Pfeife. Blickt den Jesuiten abwartend an)*

Jesuit: Ich habe auf den Brief Ihrer Bank und des Nachlassverwalters gewartet, doch keiner von beiden wurde mir zugestellt. *(herausfordernd)* Soll ich weitersprechen?

Herr Steger: *(flucht)*

Jesuit: *(unbeeindruckt)* Ich stellte Nachforschungen an und fand heraus, dass Ihnen der Tod meines Schwagers geradezu gelegen kam. Er war ein reicher Mann und hinterließ seiner einzigen Tochter ein überwältigendes Vermögen. Sie unterrichteten den Nachlassverwalter, dass es keine weiteren Verwandten gäbe und dass nun Sie sich persönlich um das Wohl des Mädchens sorgen würden.

Herr Steger: *(unwirsch)* Hören Sie auf! Das sind alles niederträchtige Unterstellungen!

Jesuit: Wirklich? *(geht langsam auf Steger zu)* Warum haben Sie Lisbeth dann eingesperrt?

Herr Steger: Warum? Ich habe sie aus diesem Kellerloch befreit, indem ihr eigener Vater sie gefangen hielt. Das Turmzimmer war bei weitem ein besseres Quartier. Hier hatte sie wenigstens Licht!

Jesuit: *(verständnislos)* Wie bitte?

Schritte werden laut. Es wird dunkel, bis auf die Leselampe.

Noch bevor Herr Steger antworten konnte, hörten wir Schritte die Stufen heraufkommen. Es war der Arzt, den die Stumme Lise, auf mir unerklärliche Weise, verständigt hatte.

Ich wurde fortgeschickt.

Doch in einem Haus, indem es Dienstboten gibt, ist kein Geheimnis sicher, denn ich erfuhr jedes Detail, das mit dem Mädchen zu tun hatte, ohne dass wir darüber sprachen. Wir hatten uns auch nie über die Schwarze Grete unterhalten und trotzdem hatte der Jesuit von ihr erfahren, als er noch nicht einmal eine Stunde unter diesem Dache weilte.

Es ist eine traurige Geschichte. Eine Mondscheingeschichte. Eine Geschichte der Nacht. Eine Geschichte, die Frau Steger die Möglichkeit nahm, Weihnachten mit ihrer Familie zu feiern. Eine Geschichte der Einsamkeit, der Qual, die mit dem Tod endete. Eine Geschichte, die aus der Mondscheinsonate ein Todesadagio machte.

Nach Lisbeths Geburt verstarb die Mutter, Viktoria Kolbe, da die Geburtswunde nicht mehr zu bluten aufhörte und hinterließ einen Mann, der sie vergötterte und den ihr Tod um den Verstand brachte. Innerlich machte er seine Tochter für das Dahinscheiden der geliebten Frau verantwortlich und ließ das Mädchen in den Keller seines Hauses sperren. Ein Dienstmädchen wurde angewiesen, dem Kind Essen zu bringen, aber nicht mit ihm zu sprechen. Auf diese Art vegetierte das Mädchen jahrelang dahin. Ohne persönliche Ansprache, ohne Kinderlieder und -spiele, ohne Sonne auf der Haut, ohne Musik.

Nach dem Tod des Vaters nahm Herr Steger das Mädchen zu sich, um ihr Vermögen sicher in seiner Bank angelegt zu wissen. Denn es hätte den Ruin der Bank bedeutet, wenn der Erbe die sofortige Auszahlung des Geldes forderte. Als Herr Steger nun aber das Mädchen erblickte, das er zu sich nehmen wollte, erkannte er, dass dies unweigerlich seinen Ruf und den der Bank zerstören würde. So beschloss er, es im Turmzimmer einzusperren und nichts gegen das Gerücht über die Rückkehr der Schwarzen Grete, das jedes Jahr um diese Zeit die Runde machte, einzuwenden. Er übertrug der Stummen Lise die Aufgabe, sich um die junge Frau zu kümmern, ohne dass irgendjemand davon erfahren sollte.

Womit er nicht gerechnet hatte, war, dass Lisbeth die Klänge der Mondscheinsonate, die übrigens ihre Mutter auf dem Piano einst vorzüglich beherrschte, zutiefst anrührten. Das schauerliche Kreischen, mit dem sie uns alle zu Tode erschreckte, war ihr Gesang.

Steger band ihr den Mund zu, woraufhin sie ihren Körper gegen die Wand warf und sich mit einem spitzen Gegenstand die Unterarme aufschlitzte. Das Blut, das dabei aus ihrem Körper strömte, war das gleiche, das ich einst unter der Tür in den Gang rinnen sah.

Frau Steger konnte mit diesen Schreien nicht leben. Sie wurde des Lebens nicht mehr froh und entwickelte einen tödlichen Hass, der sie schließlich in den obersten Stock hinaufsteigen ließ, die Stumme Lise mit sich schleifend, die außer Herrn Steger als einzige einen Schlüssel für diesen Raum besaß. Sie befahl dieser aufzuschließen, erklomm die Stufen zu dem einsamen Mädchen und stieß ihr das Messer in den Hals. Die Verzweifelte klammerte sich hilfesuchend an ihre Mörderin, doch diese stieß sie von sich. Lisbeth fiel unglücklich, wahrscheinlich war sie bereits tot, noch bevor sie die Stufen hinunterrollte.

Der Jesuit hatte von der Tragödie in seiner Familie nichts geahnt, sonst wäre er früher aus Feldkirch angereist. Als ihn jedoch sein Freund über den Tod seines Schwagers informierte, machte er sich auf den Heimweg, um seiner Schwester in den schwersten Stunden beizustehen. Der Brief, der ihn wohl einst vom Tod dieser unterrichten hätte sollen, ging tragischerweise irgendwo zwischen Halle und Feldkirch verloren.

Bald hatte er herausgefunden, wohin man seine Nichte gebracht hatte. Aus Vorsicht verschwieg er seine Verwandtschaft zu dem Mädchen, das er nirgendwo finden konnte, und gab Studien als Grund seines Kommens an.

Das Kreischen war der einzige Hinweis darauf, dass in diesem Haus noch jemand lebte, von dessen Existenz niemand zu wissen schien. Weil der Pater nicht wusste, wo er seine Nichte suchen sollte, begann er seine Nachforschungen im Keller, wohin ich ihm gefolgt war.

Eigentlich ist jetzt alles gesagt. Alles erzählt. Doch manchmal, zu Weihnachten, soll Lisbeth zurückkehren. Sie steigt in das Turmzimmer hinauf, während das Klavier zu spielen beginnt, das längst nicht mehr innerhalb dieser Mauern steht. Und während die Mondscheinsonate von den Wänden widerhallt, wartet sie auf jemanden, der zu dem Ort ihres Todes emporsteigt. Geschieht dies in den vier Wochen rund um Weihnachten, stößt sie denjenigen die Stufen hinab.

Niemals wird das Poltern verstummen, es sei denn, das Lachen hunderter Kinder, ein Lachen, das ihr selbst niemals vergönnt war, dringt hinauf zu ihrem Versteck und erfüllt die Villa bis in den letzten Winkel.

Ganz dunkel. Dann wird es hell.

ENDE

Partien/Namen „Mondscheinsonate"

Sabinchen	Frau, ca. 22 Jahre alt (Dienstmädchen)
Herr Steger:	Mann, ca. 50 Jahre alt (Hausherr)
Stumme Lise:	Frau, ca. 60 Jahre alt, gehörlos (niederste Dienstmagd)
Martin Taubert:	Mann, ca. 30 Jahre alt (Pater des Jesuitenordens)
Lisbeth:	Mädchen, ca. 17 Jahre alt oder Puppe („Das Bündel")
Frau Steger:	Frau, ca. 40 Jahre alt (Hausherrin)
Erzähler	Frau, bis 35 Jahre alt

Danksagung

Diese letzte Seite möchte ich all denen widmen, die mir beim Fertigstellen dieses Buches geholfen haben:

Dr. Wilhelm und Erna Maier, Doris und Günther Reinthaler, Christine Allert, sowie Sonja Menke-Compall für Lektoratsarbeiten und Verbesserungsvorschläge. Es ist mir immer wieder eine Freude, eure Korrekturen und die sich daraus ergebenden Gruppendiskussionen am Seitenrand zu lesen. Ihr seid mir eine riesige Hilfe! In diesem Zusammenhang sei auch Bernd Hüsken für seine Korrekturen aufs Herzlichste gedankt.

Herrn Prof. Johannes Sterkel möchte ich an dieser Stelle für die Inspiration danken, die er mir während unserer Gespräche immer wieder schenkt. Ohne dich, lieber Johannes, gäbe es dieses Buch nicht.
Auch ein großes Dankeschön an Anke Bachmann für ihre Kreativität. In der „Mondscheinsonate" haben deine Ideen den Grundstock gelegt.
Ich weiß euer Vertrauen in meine Fähigkeiten sehr zu schätzen!

Donat Martin von OLD-Media gilt meine aufrichtige Anerkennung für die Verwandlung meines Manuskriptes in ein fertiges Layout. Es ist hervorragend gelungen – danke auch für deine und Fraukes Freundschaft.

Books on Demand möchte ich ein riesiges Danke aussprechen dafür, dass es ist, was es ist. Dies gilt natürlich auch dem Team für die gute Zusammenarbeit.

Meiner lieben Claudia Reinthaler ein dickes Danke für Titelbild und Umschlaggestaltung. Ich bin wie immer begeistert von deinem Talent!

Zu guter Letzt danke ich meinen Söhnen Nicolas und Ian für die Freude, die sie mir täglich schenken. Ohne euch wäre das Leben nur halb so schön, vielleicht ein wenig einfacher, doch niemals so erfüllt und voller Tiefe. Danke für die Erfahrungen, die ich mit euch machen darf und die damit einhergehenden Einblicke in das, was das Menschsein eigentlich ausmacht, und das ich ohne euch niemals so begreifen würde.

Auch mein Mann Werner soll nicht vergessen werden. Dir danke ich für die „Auszeiten", die du mir zum Schreiben schaffst und für die auch du hart kämpfst – ich weiß es. Ohne dich hätte ich wohl niemals meinen Traum vom eigenen Buch erfüllen können.

Vor allen Dingen möchte ich aber auch meinen Lesern danken. Es ist schön, von Ihnen zu hören – ich freue mich über jeden Einzelnen, dem gefällt, was ich schreibe. Vielen Dank auch für die zahlreichen positiven Reaktionen zu meinem Debütroman „Kalter Rauch".

Danke!

Suzanne Réko
Markkleeberg, den 3. August 2006

Eine Leiche, eine abgebrannte Villa, ein ebenso abgebrannter Hauptverdächtiger und eine Menge widersprüchlicher Informationen halten Kriminalkommissar Jakob Valer Noak in Atem. Wird es ihm gelingen, den Dschungel an Informationen zu lichten und den wahren Mörder hinter Gitter zu bringen?

„Endlich ein Buch, das beweist, dass die Wahrheit nicht immer nur im Wein zu finden ist." – Der Pizzaservice

„Niemand anders als Suzanne Réko konnte dieses Buch schreiben. Hervorragend!" – Jakob Valer Noak

„Amüsant, spannend und witzig ist Suzanne Rékos Roman „Kalter Rauch". Ein Muss für Krimifans!" – Der Speigel

Kalter Rauch – Jakob Valer Noaks heißester Fall, Suzanne Réko, BoD 2005

ISBN 3-8334-3335-3